難攻不落の女嫌い社長は、幼馴染の片恋秘書だけを独占欲で貫きたい

～17年の長すぎる初恋を諦めるつもりが、娶り愛でられました～

m a r m a l a d e b u n k o

高田ちさき

marmalade bunko
マーマレード文庫

目次

難攻不落の女嫌い社長は、幼馴染の片恋秘書だけを独占欲で貫きたい

～17年の長すぎる初恋を諦めるつもりが、娶り愛でられました～

第一章

——報われる恋愛をしたい。

心の底からそう思う。

頭の中ではわかっている。数ある恋の中で実る恋はほんの一握りだと。

だからといって、簡単にあきらめられるはずなどない。手放した方が絶対に楽なのに、でもどうしてもできない。

それもそのはず。毎日毎日こんな近くで、何時間も一緒にいたら忘れられるはずなどない。

そんなことを何年も考え続け、そしてあきらめて受け入れるということを繰り返している。

「小山内《おさない》、今送ったデータの処理。一時間で」

「はい」

声がかかると同時に、パソコンの画面に新規メールの到着アイコンが点滅する。

内容も確認せずに「はい」と返事したのは、彼が「一時間で」と言ったのならば、私がその時間で処理できると判断したからだ。

もし無理だと思ったところで「否」の返事は許されていない。

あいかわらず暴君だこと。

慣れているとはいえちょっと一言、言っておくべきだ。

「その言い方ですが、私ならかまいませんが、他の人にはもう少し気を使った言葉遣《づか》いにしてくださいね。社長」

「今更なんだ。そんなことくらいわかってる。お前は特別だ」

タブレットの上で左から右に指をすべらせながら、さらっとそんなことを言う。

「それは恐縮です」

そっけない言い方だったけれど、彼の放つ〝特別〟という言葉は私をドキドキさせるのには十分だ。

だけどそれを悟られないようにする。その程度のことは私にとってはお手のものだ。

私が秘書として勤務する、ここ岡倉《おかくら》テクノソリューションズ株式会社は、日本三大商社のひとつである岡倉貿易株式会社の子会社である。

主な業務内容はコンピューターシステムやネットワークの構築。それに伴う保守をはじめ情報処理サービスを提供する、情報・通信系の会社だ。

従業員は五千人強。国内外に拠点を持ち、世界各国で多くの仕事を請け負っている。

そしてこの会社の社長であり、私のボスにあたるのが岡倉悠也《ゆうや》、二十八歳である。

彼は親会社岡倉貿易株式会社の社長の息子で、岡倉家の御曹司。

プレジデントデスクに座り、感情の抜け落ちた顔で仕事をこなす彼は、完璧を絵に描いたような男性だった。

身長は一八〇センチを超え、スマートな肢体はオーダーメイドのスーツでラッピングされている。どんなに時間がなくても週に三回のジム通いは続けており、嫌味なほど見事なプロポーションは数年間変わっていない。

きりりとした目が印象的で、彼の怜悧な美しさを際立たせている。

男女問わず、思わず見とれてしまう。見慣れている私ですら、時々彼の表情にドキッとしてしまうのだ。

そしてこの人のすごいところは見かけだけではない。

岡倉テクノソリューションズに新卒で専務として入社し、二年後には社長に就任。

そして現在四年目。その間、業績はうなぎのぼりだ。

ジュニアだからと最初侮っていた面々も、今となっては彼のすごさに言葉もないようだ。

自分にも他人にも厳しくストイック。だからこそ、この人についていけばますます会社が成長していく。そういう期待感に社内は活気づいていた。

そして私、小山内浬《かいり》は彼、岡倉悠也に長年……一生のほとんどを片思いして過ごしている。

そしてこれから先も一生片思いのままだと決定している。

それもそのはず――誰もが憧《あこが》れる岡倉悠也その人は、大の女嫌いなのだ。

そんな彼のそばに、どうして〝性別＝女性〟の私がいるのか。疑問に思う人も多いようだ。それは悲しいかな、彼は私を一切、女性として見ていないというのがその理由だ。

彼の近くにいられて喜ぶべきなのか、一生報われない恋に悩むべきなのか……。どれだけ考えても答えが出ないので、もうかなり前から考えることを放棄している。

「岡倉社長、先ほどの資料できておりますので、ご確認ください」

五十分経過後にメールを転送する。同時に気になった部分の過年度の資料も添付しておいた。

「わかった、確認しておく」

こちらをちらりとも見ないでそっけないものだ。まぁ、仕事中だからこのくらいが普通だろうけれど。

「それから、あと十五分でギャラリーの方へ出発いたしますので、ご準備ください」

「あぁ、そうだな」

一瞬眉間《みけん》に皺《しわ》が寄った。気乗りはしないのだろうけれど、取引先である銀行の頭取《とうどり》に招待されたギャラリーのオープニングセレモニーだ。出席しないわけにはいかない。

私はそのままそっと席を外して、化粧直しのために同じフロアにあるロッカールーム兼休憩室《きゅうけいしつ》に向かう。

このフロアを使う役員秘書用の部屋は広くはないが、ロッカーと軽い食事がとれるテーブルが置いてある。

どこにでもあるグレーのロッカーのスチール製の扉を開いて、バッグの中から化粧品の入ったポーチを取り出す。

あくまで社長の付きそいだが、岡倉悠也の秘書として見られるので気は抜けない。

化粧直し用のスプレーを顔に振りかけて軽く押さえ、崩れかけたメイクを直していく。

メイク直しが終わると、壁にかかっている姿見で全身を確認した。

姿勢をきっちり正して鏡に映る自分は、ちゃんと秘書らしく見えているかチェックする。

身長は一五六センチ。春の健康診断で五ミリほど伸びていて、心の中で小さくガッツポーズをした。ずっと高身長のすらっとした女性に憧れていたけれど、この歳《とし》――二十八歳になると大きな成長は期待できないので、あきらめて今の自分の身長で楽しむことに決めている。

ハーフアップにしている背中までの髪に乱れがないかチェックして、コンパクトミラーを見てメイクも大丈夫かもう一度確認する。

印象に残らないどこにでもいる顔だなとあらためて思う。見目麗《みめうるわ》しい社長の近くにいるから余計にそう思うのかもしれないが、特徴のない平均顔だ。

秘書なんだから目立たず脇役に徹していればいいじゃないと自分に言い聞かせながら、最終確認を終えてロッカーの扉を閉じて社長室に戻る。

ノックをして中に入り、声をかけた。

「社長、お時間です」

私の声に反応した彼は、すぐにその場に立ち上がった。

私は入り口近くにかけてあったジャケットを手にとって、腕を通しやすいように広げる。長身の彼に合わせて背伸びをしているので実は少し苦しいのだけれど、もちろんそんなのは表情や態度で見せない。

社長室を出て颯爽《さっそう》と歩く社長の半歩後ろを歩き、エレベーターでは先回りをし、無事に車まで誘導する。あとは運転士さんに任せていれば目的地に到着だ。

社長用の黒塗りのハイブリッド車は、エンジンの音がほとんどせず静かだ。

しかし車内でゆっくりはできない。今日の会のめぼしい参加者、絶対ご挨拶《あいさつ》をしないといけない情報をもう一度すり合わせする。

「泉西《せんざい》銀行の泉《いずみ》会長のお孫さんも参加されるそうです」

「お孫さん、な」

一気に憂鬱《ゆううつ》そうな顔をする。

私は気づかないふりをして、話を進める。

ついでに明日の予定まで確認を済ませた頃に、タイミングよく目的地のギャラリーに到着した。

新装開店したギャラリーは泉西銀行の会長の娘さんがオーナーを務めている。岡倉社長は泉会長をはじめ会長の義理の息子である現社長ともつき合いがあり、今日の招待を受けた。

入り口に手配をしておいたスタンド花が到着しているのをさりげなく確認しながら、社長の後をついていく。

「岡倉くん！」

こちらから声をかける前に、あちこちから声がかかる。

「お久しぶりです。ご無沙汰《ぶさた》しております」

物腰柔らかく笑みを浮かべている。落ち着いた少し低い声は耳触りが良い。

「先日、ご紹介いただいた件ですが――」

相手へ礼を尽くし、喜ぶ話題をさりげなく混ぜている。こういった場所での社交性の高さは目を見張るものがある。気難しい相手からも笑い声を引き出すその手腕は他の誰もまねできない。

普段の仏頂面とは違いにこやかな対応を見ていると、社長じゃなくて俳優でもやっていけそうだな、なんて思いながら漏れ聞こえてくる話を記憶していく。

いつなんどき、こういった場で出た話題が役に立つかわからないので、同席している間は空気になりつつ耳だけは大きくしている。これも秘書の仕事のひとつだ。

どこにいても華やかな彼の周りは、いつも人であふれかえっている。

その中でも自分が今日会って話をするべき人をきちんと見極めて、ときに会話を短く切り上げ、ときに時間をかけて対応しているのはさすがだ。

……と思っていたものの、ここにきて彼の顔が一瞬だけ曇る。他の人なら気が付かないだろうが、つき合いの長い私にはすぐにわかった。

「岡倉社長～」

語尾にハートマークが見えたのは、きっと気のせいだろう。

砂糖菓子にはちみつをかけたような甘ったるい声で社長に声をかけたのは、泉会長の孫娘だ。

「真麻《まあさ》さん、お久しぶりです」

眩《まぶ》しいくらいの笑顔で出迎えられた女性は、頬を赤くして社長を見つめている。

「ずっと会いたかったのに、連絡なかなかくれないんだからぁ」

会長の孫娘、真麻さんは岡倉社長が大のお気に入りだ。今も彼の腕にじゃれつきながらうれしそうにはしゃいでいる。

「お母様はどちらに？　お祝いを申し上げたいのですが」

きらきらと眩しい笑顔のまま、わずかに距離を取ろうとしている。しかし彼女も必死なのか余計に距離が縮まった。しっかりと腕を絡めて甘えている。

大人の女性が公《おおやけ》の場でその態度はどうなんだろうと思わないでもないが、一介《いっかい》の秘書が口出しするようなことではない。

「ママなんてどうでもいいのに。ねぇ、あちらで座ってお話しましょう。ねぇ」

岡倉社長は顔を覗《のぞ》き込《こ》みねだる彼女の様子を、イエスともノーとも言わず笑顔を浮かべている。ずるいなと思いながら眺めつつも、処世術としては正しいと思う。

「お母様のお祝いに来たので、ぜひご挨拶をしたいんです。素晴らしいギャラリーですね」

「ん～私はよくわかんない」

小首を傾《かし》げる様子は少々幼く見えるが、自分が一番かわいく見える角度をよくわかってやっているようだ。

自分の気持ちに正直だな。私にはないスキルだから、ちょっとうらやましい。

天真爛漫《てんしんらんまん》さは誰もが持ちあわせるものではない。育ってきた環境が彼女をそうさせたのだろう。

自分に女性としての魅力があるかと問われれば自信がない。

小さな頃はお人形遊びより、外で走り回っている方が好きだった。暑苦しい長い髪より濡れてもすぐに乾く短い髪が好きだった。女子たちと男性アイドルを追いかけるよりも、ボールを追いかけている方が性に合っていた。

友人も女子より男子が多かった。

ずっとそれでいいと大学に入るまでそう思ってきた。

でも……。

だめだめ、仕事中に何を考えているの？

自分を叱責《しっせき》して集中する。

社長の隣には先ほどまでいなかった、五十代半ばくらいの女性がいた。今日の主役、泉会長の娘さんで、真麻さんのお母様。本来の目的をきちんと達成したようでほっとした。

しかしそばには、まだ期待に胸を膨《ふく》らませているであろう真麻さんの姿があった。

「すみません、娘がとてもなついてしまったようで」

ほほほと口元に大きなダイヤモンドの指輪をはめた手を持っていき笑っている。謝ってはいるけれど、娘の行動を止める様子はない。

一歩引いた場所でその光景を眺めていると、社長が一度だけゆっくりと瞬きをした。

そろそろ、ね。

私はできるだけ話を遮らないように注意をして、背後からそっと社長に声をかける。

「岡倉社長、お時間です」

「あぁ、わかった」

私の声に反応してさっと自然に腕時計を確認しながら、残念そうな顔をする。

「すみませんが、そろそろ失礼します。もう少しゆっくり見て回りたかったのですが」

実際は本来の主役である絵を見るチャンスなど一度もなかった。あちこちからかかる声をさばくので精いっぱいだった。

「え～岡倉さん帰っちゃうの～？」

真麻さんは不満を隠そうともせず、唇を尖らせている。

「これ、真麻。忙しい方なんだから邪魔しないで。今度ゆっくりね」

母親が意味ありげにほほ笑む。

「そうだな、岡倉くんとは一度酒でも飲みながら話をしたいな」

それまで他の人と話していたはずの泉会長まで出てきて、真麻さんの援護射撃をする。家族総出で社長を包囲するつもりらしい。

「それはいいですね。今度何人かで集まりましょう」

しかし社長はそれらを華麗に避《さ》けた。

さすが百戦錬磨《ひゃくせんれんま》だ。極上の笑みを浮かべながら、相手に嫌な思いをさせずに躱《かわ》すすべに長けている。

「今度食事に連れて行ってくださいね！」

せめて次の約束だけでもと食い下がる真麻さんを、社長はこれでもかというくらい眩しい笑顔で黙らせた。

「では、失礼します」

社長とともに私も頭を下げた。

出口に向かって歩いている最中、頭のあたりに強い視線を感じ振り向くと、真麻さんがすごい形相《ぎょうそう》で私を睨《にら》んでいた。

私は仕事を真面目《まじめ》に遂行しただけなのに。でも彼女が、思いを寄せている相手のそばにいつもいる私をよく思わないのも理解できた。

それでも私を目の敵にする必要なんて、ひとつもないのに。実際には彼は私を女性とすら思っていないのだから。

ギャラリーから出ると、数分前に連絡を入れた運転士がすでに画廊の前に車を停めて待っていた。

さすが先代社長の頃から、代々運転士をしているだけある。運転の技術だけではなく気遣いもタイミングもばっちりだ。

黒塗りの車に社長を乗せて、隣に座るように目で合図をされた私は彼の後に続く。

ゆっくりと後部座席のドアが運転士によって閉められると、社長が「ふう」と大きく息を吐きながらネクタイを緩めた。

そして続けてジャケットを脱いでからシートベルトを着用する。

「すぐにクリーニングに出せ、臭い」

「かしこまりました」

受け取ったジャケットからは、真麻さんの使っていた香水の香りがほんのりとした。おそらく近くにいた際に、匂いが移ってしまったのだろう。

ほんの少し感じる程度なのに、そんなに不快なのだろうか。機嫌が悪そうなので、聞かないでおくけれど。

私がシートベルトを締めると、見計らったかのように車がゆっくりと動きだした。

「本日の業務はここまでです。おつかれさまでした」

彼は視線だけこちらに向けて小さく頷いた。普段から口数が少ないが、今日は特に疲労の色が濃い。

シートに深くもたれて、流れていく窓の外の景色を眺めている。

「本日得た情報については明日の午前中にまとめて提出します」

疲れているようなので、明日に回しても問題ない。休めるときにゆっくり休んでもらうのも秘書の手腕のひとつだと思っている。

遠くからクラクションの音が一度聞こえただけで、車内には静かな時間が流れていた。

間もなく岡倉社長の住むマンションに到着するというところで、彼が口を開く。

「浬の握ったおにぎりが食べたい」

ぼそっと呟《つぶや》くように言った言葉。彼は私が聞き逃さないとわかっている。そして小山内ではなく浬と私を呼ぶときは、プライベートのときだ。

「わかった。一緒に降りるね」

私もそれに合わせて、口調を秘書から幼馴染《おさななじみ》へと変える。

「あんなにたくさんごちそうがあったんだから、食べれば良かったのに」

ギャラリーには飲食ブースもあり、おいしそうな料理がずらっと並んでいた。

「そんな暇、なかっただろう」

「たしかにそうだった」

会場に入るなり、すぐにいろいろな人に囲まれていた。

「面倒だけど、かわいそうな悠也のために浬さんがひと肌脱ぐね」

冗談めかして恩着せがましい言い方をしながら、彼の方を見ると口元がわずかにほころんでいた。

それを見た私は、心のどこかでほっとする。日常のほんのわずかな時間でも、リラックスできればいい。秘書ではなく私個人として、彼にしてあげられることがあるのがうれしい。

そんなやりとりをしていると、車がゆっくりとマンションの前で停車した。

運転士にドアを開けてもらい降りた後、「おつかれさまでした」と声をかけてマンションのエントランスに向かった。

歩きはじめると私が持っていた彼のビジネスバッグを、悠也が持っていく。ここから先はプライベートの時間だからという意味だろう。

きっちりと公私のけじめをつけるのは大切だけれど、複雑な感情を抱くのもまた事実だ。

幼馴染みの私たちの距離は近いけれど、今の場所から先は一歩も進ませてはくれない。それならば徹底的に秘書として接してくれた方が、気持ちの切り替えをしなくていいから楽かもしれない。

勝手なことを考えている自覚はある。

しかし自分でも処理できないこのもやもやを解決する方法は、いつまで経《た》っても見つけられそうにない。もし解消できるときがくるとすれば、それは私が悠也のことを完全にあきらめるときだ。

「浬、どうした？」

エレベーターの中でぼーっとしていた私の顔を悠也が覗き込んだ。

「え、なんでもない、おにぎりの具何にしようかなって思ってただけ」

適当にごまかしたのだが、悠也は自分で聞いておいて私の返事に特に興味を示す様子もなかった。

もう少し気にしてくれてもいいのに……。でも仕方ない、彼は私のこんな気持ちを知りもしないのだから。

「むかつく」

「は？」

思わず心の声が漏れてしまった。

「なんだよ」

「別になんでもないよ。気にしないで」

悠也は少し不満そうにしていたけれど、エレベーターが到着すると、自らボタンを押して私を先に降ろしてくれた。そしてさっとエレベーターから降りると、鍵を開けて部屋の中に入った。

何度もこの部屋には出入りしているけれど、それでも毎回豪華さに驚いてしまう。

三十畳近くあるリビングダイニングに、寝室はふたつ、あとの二部屋は書斎《しょさい》とウォークインクローゼットに使われている。

数日に一度、ハウスクリーニングが入っているので、清潔《せいけつ》でどこもかしこもピカピカだ。

仕事で外にいる時間が多く、ここには寝に帰るだけという日もざらだ。あまり生活感がなくがらんとしており、どこか寂しい感じがするのもいつ来ても変わらない。

そしてここに女性の影がないことを確認して、ほっとする自分が嫌になる。

私は気持ちを切り替えて早速キッチンに向かい、おにぎりの用意をはじめた。最初はお米を研《と》ぐところからだ。本当はしっかり吸水させた方がおいしいのだけれど、時間がないので今日は省略。

「一時間あればできるから」

リビングにいる悠也に声をかける。

「ん、俺シャワー浴びてくる」

さっさとバスルームに向かう彼の背中を見送る。

いつものことだけど、あいかわらず客人扱いされなさすぎだと思う。

別に手厚くもてなしてほしいわけじゃないけれど、空気みたいに扱われるとなんとなくつまらなく感じてしまう。

四六時中一緒にいればそうなっても仕方がないか……。

研いだお米を高級炊飯器にセットして、ため息をつきながらキッチンを見渡すと、使われた形跡はほとんどない。

「あなたも不憫《ふびん》よね、おにぎり作るためだけに存在するなんて。まぁ、私も似たようなものか」

普段は外食か買ってきて食べているようだ。このキッチンが活躍するのは、私がおにぎりを握るときくらい。

時々こうやってここに呼びつけられる。そのときにはちゃんと食材があるのは、彼が食べたくて準備しているのだろうか。もちろん私が買って持ち込んだものもあるけど。

カウンターにある椅子《いす》に座りながら、ぼーっとする。

「私、何やってるんだろ」

ふと気持ちが口からこぼれ落ちた。でもこんな疑問を持ったところで誰かが答えをくれるわけない。自分でさえ、なんでこんな状態になってしまったかわからないのだから。

＊＊＊

私と悠也の出会いは、今から十七年前にさかのぼる。

十七年。生まれたばかりの赤ちゃんが、高校生になるくらいの期間だ。

当時私と彼は小学五年生だった。

知り合ったのは近所の公園だった。

多くの小学生が放課後の時間を過ごす中、彼は公園に隣接する図書館脇のベンチに座ってひとりで本を読んでいた。当時の私の周りにあまりいないタイプの子で、そんな彼が珍しくて興味を引かれたのがはじまりだ。

夕方になりひとり、またひとりと時計を気にしながら帰っていく。母親が迎えに来る子をうらやましく思いながら、私もそろそろ帰ろうかと思う。

それと同時に誰もいない家に「ただいま」と言うむなしさを思い出して、なんとなく憂鬱になり、ブランコに駆け寄って飛び乗ると思い切り漕いだ。

するとそれまで図書館の近くのベンチにいたあの男の子が、街灯の明かりを求めて公園内のベンチに移動していた。

彼を見つけるとすぐにブランコから飛び降りて彼のもとに走った。そのとき公園に残っていたのはふたりだけ。だから最初から妙になれなれしく話しかけてしまう。

「ねぇ、それ面白い？」

「別に」

ちらっとこちらを見た男の子は、そっけなく一言だけ答えた。

「面白くないのに、ずっと読んでるんだ？　なんで？」

「関係ないだろ」

またもやそっけない。大人ならこの時点で距離を取るだろうけど、私はなんとか彼と話をしてみたくて躍起《やっき》になった。

「教えてくれてもいいのに」

「知らない人に言う必要ないだろ」

むーっと頬を膨らませてから、私は自己紹介をした。

「小山内浬、五年生。もう知らない人じゃないよね」

彼は一瞬驚いた顔で私を見た後、すぐに本に視線を戻した。

「……杉浦《すぎうら》悠也、俺も五年」

「えーなんだ、同じ歳じゃん。よろしく」

私が手を差し出すと、彼はこちらを見て困惑した顔をした。そして私の顔と手を交互に見ている。

私の手を見てどうしようか悩んでいるみたいだ。それがわかったので私は手をぐいっと彼がつかみやすいようにもっと彼に近付けた。

「よ、よろしく」

私の押しに負けた彼は、ゆっくりと私の手を取った。それをぎゅっとしっかり握り直す。

「みんな浬って呼ぶから、そう呼んでよ」

「え、いいのか？」

「どうして？」

私が首を傾げると、彼は戸惑《とまど》いながら聞いた。

「今日会ったばかりなのに」

そんなこと気になるんだ。

「別に構わないよ。だって友達じゃん？」

「友達？」

彼は腑《ふ》に落ちないような顔をしていたので、私は彼の顔を覗いた。

すると距離が近すぎたのか、少し頬を赤くして目を背けた。

「名前知ってるんだから、友達でしょ。暗くなってきたから本はもうやめた方がいいよ。目が悪くなるから」

「あ、ああ」

最初のつっけんどんな態度はなくなって、返事をしてくれるようになってうれしい。

「そろそろ帰ろう？」

「あぁ、いや。俺はまだここにいるから」

意外な返事に驚く。残っているのは私たちだけだから私が帰ってしまったら、彼はひとりになってしまう。

「え？　だってもう暗くなってるし、お腹すかない？」

「別に」

またそっけない態度に戻ってしまった。

「ふーん、じゃあ、一緒にいようっと」

無理やり彼が座っているベンチの隣に座る。

「君は帰りなよ」

「やだ」

言い返した私に、彼は小さくため息をついた。同じ歳なのになんだか大人っぽい。

「勝手にすればいい」

彼をひとりにしたくないと思った私は、その場に居座る。

そのとき隣からグーッという音が盛大に鳴った。それを隠すかのように彼はお腹を押さえると慌《あわ》てて言い訳をする。

「違う、これは！」

顔を赤くしながら否定しても、嘘《うそ》をついているのはバレバレだ。

「ふふふ、悠也ってばお腹すいたんだ。じゃあ行こう」

私は彼の手を引いて立ち上がらせた。

「どこに行くんだ？」

「うちの家。ご飯食べさせてあげる」

「いや、ダメだろ」

彼はぐいぐいと体を後ろに引いている。でも私も負けずに手を引っ張る。

「近くだから。お母さんまだ帰ってこないだろうし、一緒に食べようよ。家にひとりで帰るの寂しいし」

「いいのか？」

「うん」

「……たしかにひとりは寂しいよな」

私が何度も頷くと、彼は素直に私に手を引かれ歩きだした。

当時母とふたりで住んでいた、公園近くのアパートに彼を案内する。時々友達を家に招くこともあったので慣れたものだ。

炊飯予約してあった炊き立てのご飯を大きなボールに出して、熱々のご飯をラップに包みふたりでおにぎりを握る。

「あっつ」

驚いた彼がおにぎりをテーブルに置いて、手をパタパタさせている。

「ははは、気をつけて、悠也」

彼がまたもやびっくりした顔で、私を見た。

「名前、間違ってる？」

彼は全力で顔を左右に振った。

「じゃあ、悠也でいいよね？」

「わ、わかった」

「友達だもんね」

私が言うと、彼は少しはにかみながら頷いた。公園では私たちが友達というのに納得できないと顔に書いてあったけれど、今は友達だと認めてくれた。うれしくてにまにましてしまう。

「おかかと、ゆかりしかないけどいい？」

悠也は静かに頷いた。

お互い大きなおにぎりを握って、ふたりで頬張る。

他におかずも何もない。でもふたりともニコニコしながら大きな口でかぶりついた。

「うまい」

「ね～おにぎり大好き。お母さんが帰ってくるのが遅いときは、こうやって作って食べてるんだ。悠也の家も親が帰ってくるの遅い？」

「いや……まぁそうかな」

なんとなく歯切れが悪かったが、深くは聞かなかった。そんなことよりもふたりで一緒にいられて楽しかったからだ。

「ふーん。一緒だね」

「あぁそうだな」

ふたりしてわちゃわちゃしていると、母が帰ってきて一緒に悠也を家の近くまで送って行った。

それが私と彼の出会いだった。

悠也とは学校が違ったが、公園で会えばお互い親が不在がちなのも手伝って、一緒に過ごすことが多かった。

うちの家で簡単なご飯を食べたり宿題をしたり、コンビニでお菓子を買ってわけあったり、半年くらいそういう生活を続けていると、私の中で彼は一番の親友になっていた。

放課後が近付くにつれて、わくわくそわそわして楽しみにしていた。知識や話題が豊富な彼と一緒にいるのが楽しくてうれしくて仕方なかったのだ。

それなのに……別れは突然やってきた。

ぱたりと公園に悠也が現れなくなった。これまでなんとなく落ち合って遊んでいたけど、きちんと約束していたわけではないので、いつまで待っても彼が来なくて、とぼとぼとひとりで帰る日が続いた。

もしかしたら病気かもしれないと家にも行ってみたけれど、そもそもひとけもなく彼に何があったのか、わからなかった。

そしてある日学校から帰ると、引っ越しをすることになったという彼からの手紙が家のポストに入っていた。

まだ近くにいるかもしれないと思った私は、あちこち走り回って彼を探したけれど見つからず……。

泣きながら母に慰《なぐさ》めてもらった。学校も違うし共通の友達もいなくて彼を探す手段がなかった。

そこでふたりの運命は完全に分かれたと思った。

＊　＊　＊

——ピピピピッ。

炊飯器がご飯の炊きあがりを知らせる電子音で我に返った。

慌ててしゃもじを手に取って、炊飯窯の中を底から混ぜる。ちょっとおこげができていて、おいしそうだ。

早炊き機能を使ってもこんなにおいしそうだなんて、さすが超高級炊飯器。

「浬、できた？」

「うん、今ご飯が炊けたからもうちょっと――」

背後から悠也の声が聞こえて、振り返ってハッとする。

お風呂《ふろ》でゆっくりしてきた彼が、濡れ髪をタオルで拭《ふ》きながら現れたのだ。しかも上半身裸で。

「ちょ、ちょっと。シャツぐらい着てよ」

思わず目を背ける。

「別に今更だろ」

なんでもないように言いながら、こっちに近付いてきて冷蔵庫からミネラルウォーターのペットボトルを取り出した。

「私、一応女なんですけど」

ごくごくと水を飲んだ彼が視線をちらっとこちらに向け、ペットボトルを口から外す。

「そうだったか？」

一言だけ言って、また水を飲みはじめる。

まったくもって悪いと思っていないし、もちろん反省もしていない。

いつも通りの反応。だからいちいち傷つく必要なんてない。でもここまでわかりやすく、女性扱いされないのも失礼すぎないだろうか。

「それより、腹減った」

「すぐにできるわよ」

私はいつも通り、ガラスのボールに炊き立てのご飯を入れて冷ます。粗熱が取れた頃それをラップの上に置いて真ん中をくぼませ、別に用意しておいたおかかを載せ握る。

まだ少し熱いけれど、食べる頃にはちょうどいいだろう。あまりぎゅっと握らずに、優しく握ってラップを外し海苔《のり》を巻くとお皿に載せた。

「いただきます」

「あ」

悠也はお皿に載せたそばからそれをつまむと、ぱくりと食べた。

「うまい。やっぱり浬のが一番だな」

おにぎりを見つめながら、頬を緩ませている。

その顔を見てつられて私も笑ってしまう。でも口から出たのはかわいくないセリフだ。

「こんなことくらいで褒《ほ》められてもうれしくない。ただのおにぎりだよ？」

「〝ただの〟、じゃない。俺、人が握ったおにぎりで食べられるの浬のやつだけだし」

「別に他の人のだって変わらないでしょ？」

大袈裟《おおげさ》な言い方に、少し呆《あき》れる。

「いや、無理。素人が作ったもので食べられるのは浬が作ったものだけだ」

そう言って、私が次に握ったゆかりのおにぎりを頬張る。

「座って食べなよ。お行儀《ぎょうぎ》悪い」

私がお皿をダイニングに持っていくと、彼がその前に座った。明太子があったので、それでもうひとつおにぎりを握る。

彼がそこまで言うのは仕方がないのかもしれない。たしか学生時代のバレンタインに、おどろおどろしいチョコレートを受け取っていたことを思い出した。

「かっこいいって大変なんだね」

ふと呟いたら、なんだいきなり？　という顔で彼がこちらを見ている。

「でも、みんながっかりしないかな？　岡倉社長の好物がおにぎりだなんて」

世間の人は完璧な彼を想像しているだろうから、庶民的な食の好みに驚くだろう。

いや、もしかしたらギャップで好感度が上がるかもしれない。

「どうして好きなもの食べて、他人にがっかりされないといけないんだ」

怪訝《けげん》な表情を浮かべた彼がこちらを見る。

「それもそうだね」

「浬のおにぎりは特別だ。他人にとやかく言われたくない」

大きな口で三つ目のおにぎりを頬張っている顔を見ると、小学生のとき夕方うちのキッチンで食べていたあの頃の面影を感じる。

胸がきゅっと締め付けられそうになって、私は使ったものの片付けをはじめた。

「お前の分は？」

「早く帰りたいから、今日はいい」

手早く片付けを済ませて、自分の荷物を持った。

「じゃあ、おつかれさまでした。失礼します」

深々と頭を下げる。顔を上げると彼が軽く手を上げているのが見えた。

「遅いからタクシー使え」

「まだ終電があるから、経理に怒られちゃう」

心配されるほど遅い時間ではない。

「これは私が友達の家にちょっと立ち寄っただけだから気にしないで。じゃあね」

「俺が払うし」

これ以上は何も言わせないようにすぐに玄関を出た。

マンションを出ると、考えなくても体が駅の方に向かう。それだけこのマンションに頻繁《ひんぱん》に出入りしているってことだ。

ホームに降りるとすぐに電車が到着したのでそれに乗り込む。

ほどほどに混雑した車内で、吊革につかまって窓の外をじっと眺める。外は暗くガラスには疲れた顔の私が映っている。

冴えない顔してる。

生まれてからずっとこの顔で生きてきた、見慣れた顔。

高校までショートカットだった少し明るめの髪は、大学に入ってからずっと長いまま、背中のあたりまである。手入れが面倒だと思うこともあるが、せめてこうすることで女性らしい魅力が少しでもアップすればいいと思う。

化粧だって下手ながら研究した。定期的に流行も取り入れるようにしているし、スキンケアだって怠っていない。

それでもやっぱり普通なのだ。

平均より少し小柄で痩せ気味、女性らしい柔らかさが感じられない体。ちらっと視線を自分の胸に向ける。ぺたんこのそこを見て小さなため息が出た。

私が女性らしさを追い求めるのは、これも悠也のせいだ。

ふと彼と再会した頃のことを思い出す。

＊＊＊

悠也と突然音信不通になってからも、もしかしたらと思いあの公園や図書館に通う日々が続いたが、ついぞ彼との再会は叶わなかった。

それから月日は流れ、私は高校を卒業し大学へ進学した。

悠也を待つために図書館に入《い》り浸《びた》って、母に心配をかけないように一生懸命《いっしょうけんめい》勉強し成績を上げた。中学高校では優秀な成績を収め、有名私立大学に特待生で入学できた。合格したときは、女手ひとつで私を育ててくれた母は、泣いて喜んだ。

それもこれも悠也が来ないかなと期待しながら、図書館に通い続けたおかげだ。

そして晴れて入学したその日……私は新入生代表として登壇《とうだん》している悠也を見つけた。

そのときの驚きを今でも覚えている。

脳天からつま先まで稲妻が走ったような衝撃を受けた。その後一緒に過ごした楽しかったこと、急に会えなくなって悲しみに暮れたこと。次々にいろいろな感情が脳内に浮かんで消えていく。

「悠也……なの？」

私はぽそりと呟いたまま、他の新入生が立ち上がった後もショックで座り続けるはめになった。

翌日眠れないまま迎えたオリエンテーションの日。

高校からの友達である天久英美理《あめくえみり》と一緒にオリエンテーションに参加していた私は、早速彼を見つけて声をかけた。

「悠也、だよね？」

苗字が杉浦から岡倉になっていたのは気になったけれど、名前は間違いない。顔もあの頃とは違い大人になっていたけれど、面影が残っている。

確信を持って声をかけたのに、相手は完全に私を無視した。

私と同じように彼に声をかけようとした女子学生たちが、玉砕した私をクスクスと笑っている。

英美理が私の腕を引っ張る。もうやめておいた方がいいとやんわりと伝えてくれている。

「岡倉悠也くんだよね？　私——」

「うるさい、迷惑だ」

取り付く島もない彼の態度に言葉が詰まる。周囲で私を笑う声が大きくなった。

違う人なのかもしれない。いや、もしかしたら私の心の中にいる彼自身も私の妄想だったのかもしれない。

昨日からずっと悠也との再会で何を話そうかと考えていた私は、ショックのあまり過去の彼との思い出すら、自分の勘違いかと思った。

「浬、行こう」

英美理が気を使って、周囲の好奇の目から守ろうと私をその場から連れ出そうとする。

「浬？」

そのとき悠也がやっとこちらを見た。

その顔には驚きが色濃く浮かんでいて……。

「浬って、小山内浬？」

ああ、やっぱり目の前の人は悠也だったんだ。

うれしくなって、声を弾ませた。

「そう！　思い出した？　小山内浬だよ」

思い出してくれた喜びで、思わずその場で飛び跳ねそうになる。

しかし次の瞬間、彼が発した言葉に一瞬にして地の底まで突き落とされた。

「お前、男じゃなかったのか？」

＊　＊　＊

あの出来事以降、私はずっと髪を伸ばし続けている。少しでも女性らしく見えるようにだ。

悠也が誤解したのも無理はない。当時私が遊んでいたのは男の子ばかりだ。ランドセルもスカイブルー。女子の間では珍しい色だった。服装も彼の前でスカートを穿《は》いたことは一度もなかったし、女子を彷彿《ほうふつ》とさせるピンクやフリルとは無縁だった。

当時は、八歳まで一緒に暮らしていた兄の影響でサッカーにはまっていて、見ているアニメも当時流行したサッカーアニメだった。

思い出せば思い出すほど当時の私は〝絵に描いたような小学生男子〟だった。

共通の友達がいれば、また話は別なのだろうけれど、悠也と過ごすのはほとんどふたりきりだった。

誤解されても仕方がない状況だったとは思うけれど……。

今でも「そんなことある？」と思ってしまうのは、恨みがましいだろうか。

気が付けば、電車のドアが開いていた。自分の降りる駅だと気が付いて「降ります！」と言って人をかき分けて慌ててホームに降りた。

目の前には、まるで私を出迎えるような婚活サイトの看板がある。

そろそろ潮時かも。ふとそう考えながら家路《いえじ》についた。

＊＊＊

バタンとドアが閉じると、急に部屋が静かになる。

この部屋に入ることができる、唯一といっていい相手が浬だ。

彼女の作ったおにぎりの最後の一口を口に放り込む。ゆっくりと味わって食べる。

シンプルな味付けで、どこにでもあるただのおにぎりだ。でも塩加減や握り具合が、理想そのもので、いつも食べたくなっては頼んで作ってもらっている。

他人の作った手作りのものを口にするなんて危険すぎる。これまでプレゼントとして渡されてきた、手作りのお菓子や料理は思い出すだけでも身の毛のよだつようなものが含まれていることもあった。

だが浬のおにぎりだけは違う。きっと小学生のときの楽しかった思い出の一部だからだ。

浬の作るちょっといびつなおにぎりを食べると、リラックスできる。彼女としては面倒で迷惑かもしれないが、浬しか作れないのだから仕方がない。

女嫌いの俺が、唯一受け入れることができる特別な存在が、彼女、小山内浬だ。

俺の母親は恋多き女性だった。物心ついたときには、自分に父親という存在がいないことに気が付いていた。時々家にやってくる男性が、同級生たちの言う父親という存在でないこともすぐに理解した。

自宅に出入りする男性たちは長くて一年、短いと二カ月ほどのサイクルで入れ替わる。

彼らがやってくると狭いアパートには自分の居場所がなくなった。外に出ていろと言われ、素直に従う。

最初はアパートの前で待っていたが、何度か警察や児童相談所に通報されてから、近くの図書館や公園に身を隠すようになった。

年齢が上がるにつれて、追い出される前に、できる限り家には寄り付かないようになっていた。母親ではなく〝女〟であるその存在が思春期の俺にとっては異質に思え、そこから女性全般が苦手になってしまった。

そんなときに仲良くなったのが浬だ。当時の彼女は髪はショートカットでこんがりと日焼けをしていて、他の男子と走り回っていた。そのせいかずっと自分と同じ男だと思っていた。

はじめてできた心を許せる友達。お互い学校から帰宅後ひとりで過ごす時間が長いので、自然と一緒に過ごすようになった。

明るくて飾らない性格、俺が失礼な態度をとっても気にせずに笑ってくれる心の広さに、すぐに打《う》ち解《と》けて仲良くなった。

あの頃の俺は、放課後に浬と過ごすときだけが楽しい時間だった。

それも母親が急逝《きゅうせい》し、一度も会ったことのない父親が現れ引き取られることになって会えなくなってしまった。

父親となった岡倉さんは俺の存在自体を知らなかったようだ。岡倉夫妻には子どもがおらず、それまでの俺の状況を知った岡倉の両親は、手塩にかけて俺を育ててくれた。

十一歳だったあの日。母親を亡くし行き場をなくした俺を見つけ出してくれた岡倉の両親をとても大切に思っている。引き取られてから両親に感謝しながら、岡倉の家の名に恥じないように努力した。それは今も変わらない。

今はグループ会社である岡倉テクノソリューションズを大きくし、いずれは岡倉貿易を筆頭《ひっとう》とするグループの頂点に立つ。それを目標に頑張っている。

その努力と成果を以《もっ》て、自分が〝岡倉の一員〟である証明としてきた。引き取ってくれた両親への恩返しだ。

特に岡倉の母さんは、血の繋がりはないのに十分すぎるほどの愛情を注いでくれた。

母の愛というのに、血は関係ないと知った。そのおかげでそれまでどんどんひどくなっていっていた女性に対する苦手意識が次第に薄れ、日常生活において支障がない程度には接することができるようになった。

ただ俺を〝男〟として見る女性は、やはり今でも苦手だ。

この容姿のせいで、最初は他意がなくても、ひょんなことがきっかけで恋愛感情を抱かれることが多々あった。

そうなるとそれまで築いてきた関係が一瞬にして崩れる。結局安心して一緒にいられる女性は浬だけになってしまった。

大学で再会したとき、浬が女性だと知って驚いた。距離を取らなくてはいけないと警戒したが、彼女はあの頃の天真爛漫なままだった。そしてそのことに救われた。大事な俺の思い出が壊れなくて済んだことに。

結局、大学卒業後も気を使わないで済む浬に支えてほしくて、俺から彼女を秘書にと望んだ。

成績優秀だった彼女のことだ。他の選択肢もあっただろうに『就職活動しなくて済む〜』と明るく言って、俺とともに歩く道を選んでくれた。

そして今まで、そばでずっと支えてくれている。ことさらに感謝の気持ちを表すことはめったにないが、こうやって一緒にいてくれているということは、浬もきっと俺と過ごすことを苦には思っていないだろう。

ふと一瞬、彼女がいなくなったら……と考えてみた。

しかしうまく想像できない。そういうことはありえないのだから、想像するだけ無駄だということだろうか。

疲れているせいか、そんなとりとめのないことを思いながら食べ終わった食器を片付けた。

第二章

木曜日の夕方、十六時半。一日の仕事が間もなく終わるとあって、私はやり残したことがないかと慌ただしく過ごしていた。

特に今日は、仕事終わりに学生時代の友人と飲みに行く約束をしている。絶対に残業したくないと不退転の思いで日中から仕事をしてきた。

ビールが私を待っている！

幸いここまで大きなトラブルもなく、順調に仕事は進んでいた。

この時点で明日以降の予定をもう一度確認してデータベースを最終更新しておく。すると画面の端っこでメールが届いたとポップアップが出た。途端に私の眉間に皺が寄る。

なんだかすごく嫌な予感がする。だからといって無視できない。

しかしこういうときほど勘が当たる。

メールのアイコンをクリックしてタイトルを確認した瞬間、心の中で特大のため息をついた。

また面倒なことが……。

差出人は広報部。普段はメディアなど社外に情報発信をする仕事がメインだ。タイトルの最初についている【至急】の文字が緊急度を表している。

内容を読む前に添付されている資料を開いたら、問題は一目瞭然《いちもくりょうぜん》だった。

「あぁ、これは」

それまでなんとか心の中で処理してきた声が思わず漏れてしまう。

「何があった？」

すぐに悠也が目で「報告を」と言ってくる。もちろん拒否など許されない。

私はタブレットを手に取り、画面を立ち上げながら、デスクに座る彼のもとに向かう。

「こちらが広報から送られてきました」

画面を見た悠也はすぐに顔をゆがめた。不快感を微塵《みじん》も隠そうとしていない。

普段から決して愛想《あいそ》のいいタイプの人間ではないが、この恐ろしい表情だけで室内の空気が三度は下がる。しっかりとクーラーが効いている社長室なので、凍えてしまいそうだ。

「くだらない」

ですよね。

私はタブレットを自分の手元に戻しながら、もう一度画像を確認した。

とある出版社のゴシップ誌のゲラだ。そこには悠也と、ここ最近台頭《たいとう》してきた新進気鋭の若手女優がふたり親密そうに並んでいる画像があった。タイトルは『岡倉貿易御曹司、次のお相手は若手女優？』とある。

次のって……まぁたしかに、何度かこういう写真を撮られているから、そう言われても仕方がないのか。

実際には、本人の周りには、親しい女性など皆無なのに。

この女優さんは、取引先の人が食事会に招待した方だ。そのときの一瞬をついて写真を撮られてしまったようだ。

「こちらから記事の差し止めと厳重注意をしておきます」

頭を下げて自分の席に戻ろうとしたところで、悠也が口を開いた。

「その出版社と系列のテレビ局から、うちの広告はすべて引き上げるように」

「え……でも。それはさすがに」

その雑誌だけではなく、すべてとなるとかなり大がかりになってしまう。各関係部署からの非難と悲鳴がすでに聞こえてくる気がした。

「何だ？　こう何度もくだらない話で時間を取られたくない。問題ないだろう」

地を這《は》うような低い声できっぱり言われると、イエス以外言えない。仕事中の彼の辞書に〝情け〟という文字は存在しないのだ。

「……はい、わかりました」

私は広報部と宣伝部に同情しながらメールで連絡を入れる。

はぁ……これは各所への調整がかなり難しいな。

暴君のわがままだときっとあちこちから、恨《うら》み節《ぶし》を聞かされる、間違いない。

だとしてもだ。今回の行動が会社に不利益をもたらさないという判断は、悠也自身しっかりしているはずだ。ここは社内のいろいろな人に奔走してもらうしかない。

悠也の即断即決《そくだんそっけつ》には慣れている私でも、ちょっと憂鬱になる。

結果が同じだとしても、こう強引ではなくもっとやりようがあるだろうに。まぁ、だからこそ、そういう折衝や交渉が得意な私が彼の秘書を務めているのだけれど。

本当の彼を知っていて、彼の判断に間違いないと信じてついていける人でなければ、悠也の秘書は厳しいかな。

しかし……ずっと私以外の誰にもできないっていうのも、問題だと思うけれど。

いつものことだと割り切りつつも、ちょっと愚痴を吐き出したくなる。今日、飲みに行く約束をしていて良かった。

「それと、この女を会食に連れてきた相手とのつき合いは今後控える」

「わ、わかりました」

まぁこの若手女優さん、会ったときからなれなれしかったものね。

まったく関係のない会食に現れたのも、何かしらの思惑があってのことだろう。悠也はそういうことを一番嫌う。売れるためにコネクションは大切だけど……相手を間違っている。

彼女を連れてきた取引先の人も同様だ。

ちゃんと彼を知ってつき合っている仕事相手ならば、こんな失敗はしないはずだ。

初対面でもないのにこちらのことを理解していない相手とは、今後良い仕事ができないという判断だろう。悠也は利益の出ないことにいつまでもつき合わない。今回のこの決断は経営者としての正しい判断だと思う。

モテすぎるのも問題だ。特に本人が女性嫌いならなおさらだ。

くだらないことで時間を消費したとでもいわんばかりに、彼は眉間の皺を深くしたままパソコンの画面を目で追っている。

室内には私と彼がキーボードを叩く音だけが響いた。

その後。定時をわずかに過ぎてしまったが、無事に今日の仕事を終えた。さっさとパソコンの電源を切って帰り支度をする。

こういうときにのらりくらりと残っていると、次から次へと仕事が舞い込んでくるのは間違いないと経験上わかっている。

「社長、本日はこれで失礼します」

悠也は顔を上げて、不思議そうにこちらを見ている。

「早いな……ああ、そうか」

彼は私がなぜこんなに早く会社を出ようとしているのか、すぐにわかったようだ。

「悠也は行かないんだよね」

「あぁ、俺のスケジュール知ってるだろ」

もちろん把握している。調整したのは私だから。彼はこれから技術部の部長との打ち合わせがある。

「みんなによろしく言っておいてくれ」

「わかった。じゃあ、おつかれさま」

私は頭を下げると、社長室を出てロッカールームに向かう。仕事を終えた重役秘書の何人かが帰り支度をしていた。

「おつかれさまです。小山内さん、今日は早いのね」

私より二年入社が早い専務の秘書の早川《はやかわ》さんは、リップをぬりながら器用にちらっとこちらを見ている。

「はい。今日は大学時代の友達と飲むんです。さっきからずっと頭の中ビールでいっぱい！」

「うふふ。じゃあ社長も一緒なの？」

「いえ、今日はまだ仕事が残っているみたいで」

「あの社長が居酒屋で飲み会って感じでもないか。それに女の子もいるんでしょ？じゃあ参加しないだろうね」

社内では、私と悠也が学生時代からの知り合いであること、また彼が女性を苦手としていることは広く知られている。

「あはは、そうですよね」

適当に話を合わせておく。たしかに悠也は女性と距離を置くが学生時代の仲間とはうまくやっている。もちろん積極的に関わったりはしないけれど。

あたりさわりない会話をしながら、ポーチからパウダーとリップだけ取り出して軽く化粧直しをする。

前髪を少しだけ整えて、化粧品をバッグに片付けると、ロッカーをバタンと閉めた。

「おつかれさまでーす」

大きめの声で元気に挨拶をしてロッカールームを出た。


職場から電車で二十分。駅から徒歩五分。

大学近くの馴染の居酒屋。このあたりに来ると気持ちがあの頃に戻る気がする。

会社を出るのが少し遅くなってしまったけれど、なんとか待ち合わせの時間には間に合った。

「英美理～陸《りく》～！」

入り口のところで今日のメンバーのふたりが、ちょうど中に入ろうとしているのを見つけた。

「あ！　浬～早くおいで」

英美理が手を上げて手招きしている。私は駆け寄ってふたりに追いついた。

大学時代に通い詰めた、海賊船をイメージした居酒屋には思い出がいっぱいだ。何かあるたびにここに集まって楽しい時間を過ごした。卒業して何年経っても私にとって大事な場所だ。

「久しぶり～元気だった？」

いつもの席に案内されて、荷物を置き、おしぼりで手を拭くとビールを待つ間もお互いの近況報告で盛り上がる。

時々メッセージや電話でやりとりはしているけれど、やっぱり顔を合わせて話をするのが一番盛り上がる。

「英美理。髪切ったんだね、似合う！」

「そうそう、まだ見せてなかったんだっけ？」

英美理は私とは高校も大学も一緒で、なんでも悩みを打ち明けられる親友だ。お互いのいいところも嫌なところも熟知している。

今は都内の会計事務所に勤務しながら、公認会計士を目指している。

「いいじゃん、いいじゃん。かわいい～」

盛り上がる女子ふたりの横で蜂谷《はちや》陸は「腹減った～」とメニューをじっくり見ていた。

陸とは大学からのつき合い。語学の授業で一緒になって、私がノートを貸したのがきっかけで仲良くなった。

学生時代から飲み会のセッティングや文化祭の実行委員などをしていた彼は、都内のイベント会社に就職。不規則な仕事だけれど、やりがいがあるらしく、私から見ても生き生きと仕事をしているように見える。

「小山内、岡倉は？」

メニューから一切目を離さずに聞いてくる。どれだけお腹がすいているの？

「あ～一応誘ったんだけど、来ないって」

「あいかわらず忙しいんだな」

「仕事の鬼だからね」

悠也の仕事ぶりを思い出して、思わず苦笑いが浮かぶ。

「その鬼につき合ってるのは、誰よ」

英美理は茶化すように隣に座った私を肘でつつく。

「まぁ、あの人につき合えるのって私くらいだから……あ、きたきた」

スタッフが三人分のビールとお通しを持ってきた。

待ちわびていた私たちは、受け取るとすぐに「カンパーイ」と互いのジョッキをこつんと合わせてビールを呷《あお》る。

「はぁ～おいしい」

のどを通る爽快感に思わず目をつむって味わう。唇についた泡を拭《ぬぐ》うとすぐに二口目をいただく。

　呆れ顔の陸と目が合った。

「あいかわらず、男前だな」

「あ、それ浬には禁句なんだから」

　陸の言葉に英美理が「めっ！」と叱る。

「いいの、別に。自分に女らしさが足りないっていうのは、よくわかってるから。すみませーん」

　元気よくスタッフを呼んで適当に注文を済ませる。のどが潤ったら次はお腹がすいてきた。

　注文を済ませた後は、お通しの枝豆に手を伸ばしながらビール片手に会話を楽しむ。

「浬ってば、自分のこと本当によくわかってない。十分に女らしいよ。ね？」

　英美理が陸に同意を求めると、陸はぶんぶんと首を縦に振った。この状況で否定なんてできないだろう。かわいそうに。陸は本当に昔から長いものに巻かれるのがうまい。

「いいよ、気にしてないから」

陸のさっきの言葉に悪気がないのは十分わかっている。どちらかと言えば私のコンプレックスがひどいのが原因だ。

「だから、ホントのホントに、浬はどこからどう見てもかわいいよ。ちゃんと努力は報われているからね」

「ありがとう、英美理」

ずっと一緒にいて私の苦労を知っている彼女は、いつだって私を肯定してくれる大切な存在だ。

しかも今日は陸までも珍しく私を慰めてくれる。

「いや本当のところ、ここ最近いい女っぷりが増したと思うよ、実際」

「陸まで、どうしたの？」

今日はふたりがやけに優しい。

会話の間に届いた、この店の名物料理アクアパッツァやだし巻き卵の大盛いくらのせを味わう。

「いや、綺麗《きれい》なおねーさんにお願いがあってさ」

「やっぱり裏があったのね」

陸を睨むと悪びれた様子もなく、ちらっと舌を出した。その様子が彼らしくて怒る気すらしない。

「なに、お姉さんに言ってみなさい」

実際は同じ歳なのだけれど『綺麗なおねーさん』なんて言われて少し調子にのった。

「今度うちの会社の企画で婚活パーティーがあるんだ。それに参加しないか？」

「え〜なにそれ。私に〝サクラ〟になれって言うの？」

うさん臭くて半目で陸を睨む。

「サクラとは人聞きが悪い。俺が関わっている以上いい企画なんだから、小山内は本気でパートナーを探せばいい。それをサクラとは言わないだろう？」

たしかにそうかもしれないけれど、主催者側の人間から呼ばれている時点でサクラ扱いにならないだろうか。

それに婚活なんて私が参加していいものだろうか。あまり乗り気になれない。

しかし隣にいた英美理が声を上げた。

「それいいかも！」

陸に対して不信感いっぱいの視線を向けていたのに、まさか英美理まで賛成するなんて。

驚いて目を見開き英美理を見ると、彼女は前のめりになって私に指を突きつけた。

危うく、綺麗にネイルの施された爪で刺されそうになって慌てて顔を引く。

「いつまでもつまらない片思いをしてないで、さっさと次に行くべきなの。わかる？」

「そうよ、わかる？」

英美理をまねして陸まで私を責める。いや陸はきっと私を婚活パーティーに参加させたいだけだろう。私はふたりから詰めよられておどおどしてしまう。

「ふ、ふたりとも、何？」

言いたいことはわかっているけれど、気づかないふりをする。

「またそうやって逃げる」

英美理は呆れ顔でジョッキを呷った。

「逃げてるわけじゃないんだけど……」

枝豆のお皿に視線を移して、追及を躱そうとするが、ふたりともそう簡単にあきらめてくれない。関係が深いからこそだ。

「いい加減、告白くらいしたらどうだ？」

「そうよ」

これもずっと言われ続けていることだ。ふたりは私の悠也への気持ちを、もちろん知っている。

「無理だよ。だって女とすら見られていないんだよ」

「そうかなぁ」

「そうでしょ！　だって他の女性には拒否反応を示すのに、私だけ平気だなんて」

「まぁたしかに、小山内の扱いは俺と似たようなものだよな。天久とは違う」

陸から見てもそうなのだ。私の勘違いではない。

「でしょ？」

陸の言葉に私は大きく同意する。

「でも、だからって、女と見ていないとは限らないだろ」

「え、どうしてそうなるの？」

いきなり梯子を外さないでほしい。

「それはそれ、これはこれ。だから？」

いまいち意味がわからずに首を傾げつつ、悠也の女嫌いエピソードを伝える。

「いや、だってさ。どんな爆美女が来てもちょっとアピールされただけで拒否反応半端ないんだよ」

この間も少し香水の匂いが付いただけでジャケットを脱いだりとか、少し手が触れただけでもおしぼりでしっかり手を拭いていた。苦手なタイプの女性に対しては潔癖《けっぺき》の域に到達しているとすら思える。加えて社員の女性など身近な相手に対しても、一定の距離は必ず取っている。

「それなのに……なんで私だけ平気なのよ……」

思わず頭を抱えてしまう。

「これまで岡倉くんに足蹴《あしげ》にされてきた美女たちが聞いたら、全員なぐりかかってくるわよ」

英美理が呆れたようにため息をついた。

「そこでどうして自分だけ特別だって思えないのか不思議だよな」

陸は面白がって笑っている。

「私は陸みたいに単純じゃないの。特別だなんて思えないよ……だって私、男だって思われていたんだよ」

再会したあの日の衝撃は一生忘れられそうにない。きっと今際《いまわ》の際《きわ》にも思い出すに違いない。

「でもあれから十年近く経ってるんだよ。認識だって変わるでしょ？」

「頑固な悠也の認識が、変わるなんて思えない」

まあね、とふたりともそこは納得している。

信念があり他人にも自分にも厳しい悠也。その一本通った筋が曲がることなどありえない。

そもそも今の悠也の一番大切なものは仕事なのだ。

誰よりもそばにいるからわかる。彼が何よりも仕事を大切に思っているのかを。人生のほとんどを仕事にかけている。

私が悠也の近くにいられるのは、秘書として使い勝手がいいから。その点では特別と言えなくもないんだろうけれど。

「じゃあやっぱり告白はしないんだよね」

英美理の声で思考から引き戻された。

「しない、しない。どれだけ好きでも告白なんてできないからっ！」

私が手に持っていたジョッキをダンッとテーブルに置いた瞬間「誰に告白するんだ？」と聞き慣れた声が背後から聞こえた。

「え？」私と英美理が振り向き、向かいに座っていた陸が「岡倉！」と声をかけるのが同時だった。

不機嫌そうにその場に立っているのは間違いなく悠也だ。ジャケットを手で持ちベスト姿の彼は、海賊船をモチーフとしたこの場とのミスマッチ感がすごい。例えるなら海賊船に王族が紛れ込んだように見えた。それくらい周りから浮いた存在。

「悠也、今日は来られないんじゃなかったの？」

「浬、誰に告白するんだ？」

私の質問には答えるつもりはないらしく、自分の質問をぶつけてくる。あいかわらずだけどその質問にだけは答えられない。

「別に誰でもいいでしょ」

視線を外してそっけなく答える。

まさか本人を目の前にして「あなたです」なんて言えるはずなどない。

ちらっと助けを求めるように英美理と陸を見たけれど、ふたりとも触らぬ神にたたりなしとでも言いたげな表情であさっての方向を見ている。

友情とは、こんなにはかないものだっただろうか。

「浬、お前好きなやつがいたのか？」

ずっといる。小学五年生のときから十七年だ。誰に言ってもびっくりされるくらい長い間ずっと好きな人がいる。

でもそれを悠也にだけは言えない。

そして私の周りでそれに気が付いていないのも、張本人の悠也だけだ。

「私にだって好きな人くらいいるわよ。悪いの？　私が恋をしちゃ」

かわいくない言い方をしている自覚はある。でもこの悠也の言い方が癪《しゃく》に障《さわ》る。

まるで私に好きな人がいることが信じられないとでも言うようだ。それこそ私をひとりの大人の女性として見ていない証拠ではないのか。

お酒が入っているせいもあり、感情が素面《しらふ》のときよりもコントロールしづらい。ついつい棘のある言い方になってしまう。

「その男とつき合う……いや、結婚するのか？」

どこからそんな話になるの？

「え、そんなわけないじゃない。さっきの話聞いてた？」

いつもの悠也はこんな理解力が悪くない。いったいどうしたのかと思い後ろを振り向くと、眉間に深い深い皺を刻んでこちらを睨みつけていた。

「ど、どうしたの？」

なぜそんなに怒っているのか、理解できない。

普段一緒にいて彼の気持ちは、表情や言葉遣いである程度理解できていたけれど、今回だけはまったくどうして彼がこんなに怒っているのかわからない。

いつもと様子が違うので心配になる。

なんとか機嫌を直してほしいと思い必死になる。内心ではなんで私がこんなに気を使っているのかわからなかったけれど。

「さっきも言ったけど、告白する気なんてないから、その人とつき合うことも結婚することもありえません」

「でも、そいつが好きなんだろう」

なんて無神経な言葉なのだろうか。むっとして言い返す。

「好きよ。ずっと好き」

まっすぐに彼の目を見て伝えた。彼には永遠に伝えられないと思っていた言葉だ。

私の言葉を聞いた悠也は、しばらく黙ったまま私の顔を見つめていた。

「そうか、わかった」

悠也の顔からすっと怒りの表情は消えた。無表情になり、そしてそのままくるりと踵を返し、店を出て行ってしまった。

「え、悠也？」

「岡倉？」

「岡倉くん……」

三人が声をかけたけれど、一切反応することなくすたすたと歩いていなくなった。

あっけにとられた私たちは、お互いの顔を見合う。

「……いったい何だったんだ」

陸の言葉に私も英美理も強く頷いた。


翌朝。

私は秘書課受付で一日のスケジュールを確認していた。

役員フロアの受付は、シフト制で秘書課が持ち回りで対応する。本日は悠也が朝から会議や取引先訪問などで不在のため私が受付に入ることになっている。

普段彼がいるときは、突発的な仕事を振られることが多い。

それによって通常業務が滞りがちなので、ここぞとばかりに後回しにしている仕事をしようと決めていた。

その前に……熱い緑茶を飲もう。昨日飲んだお酒がまだ体に残っているようだ。

二日酔いまではいかないが、今朝の顔のむくみはすごかった。

顔のマッサージをしてなんとか外出できる程度にして出勤した。化粧でどうにかごまかせていると思いたい。

ダメ押しで、体をシャキッとさせるためにいつものコーヒーはやめて、濃いめの緑茶で目と体をしっかり目覚めさせたい。

給湯室に移動して熱々《あつあつ》の茶を用意していると、秘書課の後輩である相葉文恵《あいばふみえ》ちゃんがやってきた。ふみちゃんは誰もが美女と認める、世の中の人が思い描く秘書って感じの女の子なのだが、それだけでなくよく気が付くし仕事も速い。

後輩だけれど頼りになる存在だ。

「浬さん、おはようございます」

「あ~ふみちゃん、おはよう」

彼女は「昨日飲みましたね？」と顔を覗き込んできた。

「う……ばれた。うまくごまかしたと思うんだけど」

頬を押さえて、彼女の厳しい視線から顔を隠す。

朝から完璧な顔をしているふみちゃんにまじまじと見られると、顔を背けずにはいられない。

学生のときから読者モデルをしていた容姿端麗《ようしたんれい》なふみちゃんは、三百六十度どこから見ても完璧な美女だ。美容について困ったことがあれば、美容番長である彼女に尋ねればたいていなんとかなる。

「まぁ、ほとんどの人は気が付かないでしょうけどね。私の梅昆布茶分けてあげます」

「あ～ん、助かるありがとう」

彼女は給湯室に置いてあったカゴの中から【相葉】とマジックで大きく描いた梅昆布茶の小分けパッケージをくれた。

「浬さんは会社の顔なんですから、いつでも美しくあってください。ホームページ見ましたよ」

総務課に頼まれて、今年の採用のサイトに掲載する顔写真付きのインタビュー記事に協力したのだ。去年はなんとか回避したのだが、今回は総務課の担当者に拝み倒されて受けた。

「恥ずかしい。本当はふみちゃんみたいな子がやるべきなのにね」

「そんなことないですよ～！　やっぱり秘書課の顔は浬さんです」

かわいがっている後輩にそんなふうに言われると、照れくさいけれどうれしい。

「あの社長の秘書がこなせるのは、浬さんだけだって、みんな言ってますよ」

「全然そんなことないよ～」

ふみちゃんにはそう言ったけれど、悠也は感情が読み取りにくく周囲に彼の意図することが伝わりづらい。

そのせいか身近にいる秘書にはこだわりがあるようだ。

「この間も第二秘書の話が出たみたいなんですけど、社長が断ったって総務の人から聞きました」

「そっか……残念」

でもそれも予想できた。

一時期私が超過勤務気味だからと、総務が第二秘書を手配したことがあったが、長くてひと月、短い人は五時間で音《ね》を上げてしまった。

悠也からの要求が厳しいだけではなく、彼は見切りをつけるのも早いのだ。使い物にならないと判断したら、秘書に頼むのではなくすべてを自分でやってしまう。

それをされた秘書はどんどん自分に自信がなくなって、胃薬片手に異動願を出すはめになる。

私は彼自身のことを十分理解しているし、彼も私の得意不得意を把握しているので仕事の振り方が絶妙なのだ。他の社員に対しては、お互いの理解が深まる前にどちらかがあきらめてしまうのでうまくいかない。

結局彼の秘書がこなせるのは、私だけだという謎の不文律《ふぶんりつ》が社内にできてしまい今に至る。

今の状態をよしとはしないが、この状態で困っている人がひとりもいないので会社側も悠也も当分このままでいくつもりのようだ。

「やっぱり社長の秘書は浬さんにしか務まらないですよ。あの社長の信頼を得るってすごいことです！」

「やだ、照れちゃう」

冗談っぽくおどけてみせたけど、こんなふうに言ってもらうのはうれしい。

でもそれと同時に周囲から見ても私はただの〝有能な秘書〟なんだと実感する。

信頼だけじゃなくて……愛情も欲しいと思うのはわがままなんだろうな。

このままでは、落ち込んでしまいそうだったので急いで話を切り替えた。

「あ、そうだ。今度買い物につき合ってくれない？　新しい化粧品が欲しいんだけど」

「わかりました。松木堂《まつきどう》の抹茶パフェ、ごちそうさまです」

「おっけ」

私はふみちゃんから受け取った梅昆布茶に、熱いお湯を注いでデスクに戻った。

秘書課と社長室の両方にデスクがあるのは私くらいで、他の役員付の秘書たちは、普段は受付の後ろにある秘書課で仕事をしている。

悠也があまりにも私を呼びつけるので、特別措置《そち》が取られた結果だ。

自席で今日のスケジュールメールを確認しながら、届いているメールを一件一件確認する。

悠也のアポイントの調整をしながら今日の仕事の段取りを頭の中で考える。

朝から役員フロアを訪れる人は途切れない。社内外問わず次々にやってくる。六年目にもなると、顔を見れば訪問先がだいたい把握できる。

「いらっしゃいませ、お待ちしておりました」

笑顔で出迎えて、案内をする。そのまま給湯室に向かう。

そこではふみちゃんが、先回りをしてお茶の用意をしていた。

「先ほどのお客様、コーヒー苦手なの。紅茶にして」

「え……でもいつもはコーヒーですよ」

ふみちゃんが準備をしていた手を止める。

「実はやせ我慢しているみたいなの、ついこの間パーティーで奥様にお会いして確認したから間違いないわ。お菓子に合わせて緑茶より紅茶がいいわね」

私が茶葉を出すと、ふみちゃんはちょっと驚いたように頷いた。

「すごいですね、そんなことまで知っているなんて」

「ごめん、本当はすぐに教えておくべきだったのに、今顔見て思い出したの」

私の悪いところだ。詰めの甘さが出た。

「いいえ、ありがとうございます。自分の担当じゃないのに尊敬します」

「たまたま知っただけ。こういうのも慣れがあるから」

社長秘書という立場上、他社の重役の方と同席することもよくある。接する回数が多いので、自然と知ることもあるのだ。

「助かりました。ありがとうございます」

「じゃあ、受付に戻るね」

私は受付カウンターに戻り、せっせと資料作りに精を出す。いつかやらなきゃと思っていた仕事を少しずつこなしていく。

その日はランチをふみちゃんと食べ、秘書課の面々の近くで久しぶりに仕事をしたので、思わぬ話が聞けたり、コミュニケーションが取れ有意義に過ごせた。

時々こういう時間がないとスムーズに仕事を進めることができない。

正直……今日は悠也がいなくて良かったな。昨日気まずかったもの。

いつもと様子がかなり違った。私も酔っていたので余計なことを口走ったし。

悠也の帰社はまだ先の予定だ。

昨日も定時近くで帰ったが、今日も定時退社をしようと必死になって仕事を片付ける。

定時間際、残業の予定がないメンバーもデスクを片付けたりしている。ほんの少し空気が浮ついているのは仕方ない。金曜日の夕方だもの。

定時が過ぎて、私はデスクに置いてあったバッグを持って立ち上がった。

「おつかれさまです」

声をかけてふみちゃんとロッカールームに向かう。

「浬さん、朝言っていたコスメ巡り、今日しません？　都合がよければですけど」

「え、いいの！　うれしい。洋服も見たいんだよね」

あれから結局、陸に誘われた婚活パーティーに参加することに決めた。

せっかく行くんだから、ちょっと頑張ってみようと思う。

まずは見かけからだ。

「じゃあ駅前をぶらぶらして――」

ふみちゃんと一緒に廊下を歩いていると、外から戻ってきたらしい悠也が、前から歩いてくるのが見えた。

なんとなく気まずいけれど、終業時刻は過ぎている。すれ違うだけだ。

「おつかれさまです。お先に失礼します」

頭を下げて行こうとした瞬間、手をつかまれた。

「えっ？」

「社長室へ」

悠也はまったくこちらを見ずに、私の手を引いたまま歩いて行こうとしている。

「で、でも私これから約束が」

ちらっとふみちゃんの方を、すがるような気持ちで見る。

できれば今日は悠也とふたりきりになりたくないのだ。

「あの、私のことなら気にしないでください」

しかし私の思いは通じなかった。

「いや、でもふみちゃん？」

なんとか食い下がろうとしたけれど、悠也が私の腕をぐいっと引っ張った。

「では、失礼します」

見本のような綺麗なおじきをしたふみちゃんが去って行く。

私は思わず彼女の背中に手を伸ばしたけれど、悠也につかまれたままずるずると社長室に引き込まれた。

バタンと扉が閉じるとやっと悠也が手を離してくれた。

「社長、急ぎの仕事ですか？」

気持ちを切り替えて尋ねる。残業自体はいつものことなので問題ないが、今日はできるだけ関わりたくない。

悠也を前にすると、日曜日にある婚活パーティーへの気持ちが鈍りそうだから。洋服を買ってしまえば、貧乏性の私だから行く理由になると思ったのに。

「そこに座って」

「……はい」

応接セットに座るように言われた。普段は立ち話かお互いのデスクで話をすることが多い。

先に座った悠也の前に座ると、いつもなら時間がもったいないとさっさと話をはじめるのに今日は難しい顔をして、腕を組みじっと私を見ている。

気まずいから早く話をしてほしい。

「あの……」

「昨日のことだが」

「昨日ですか。何かありましたか？　社長」

あくまで仕事の話ですよね？　と念押しする。

しかし私の願いもむなしく、悠也は「澄」と私を呼んだ。仕事中は私のことを「小山内」と苗字で呼ぶ。だからこれからする話は完全にプライベートなんだと暗に示している。

「昨日、言っていたことだが、浬の好きな人って誰だ」

剛速球の質問に私は内心たじたじとなる。しかし顔には出さずに無表情になるように努めた。

「もしそれが社長命令だとしても、お答えする必要はありませんよね」

あくまでビジネスライクに対応するが、彼はそれをよしとしない。

「社長として聞いているんじゃない」

彼が言葉を続ける前に、私は毅然《きぜん》とした態度を崩さないで拒否する。

「友達としての質問だったとしても、言いたくない」

「なぜ？」

なぜって？　それは相手があなただからなんて口が裂けても言えないからです。

心の中で毒づいてみても、もちろん相手には伝わらない。半ば八つ当たりのようなむかむかをなんとか抑え込み、あくまで冷静に質問をし返す。

「じゃあ逆に聞くけど、なぜ言わないといけないの？」

あなたが好きだなんて、言ったところでお互い困るだけだ。それがわかっているからあえて言わない。私なりの優しさだ。

「知りたいんだ」

からかっている様子はない。真剣なまなざしを向けられて余計に意味がわからない。知っていったいどうするつもりなのだろうか。

冗談を言うような人じゃないことはわかっている。だからこそどうしてそんなに気にするのかがわからないのだ。

「好きな人はいます」

「だから、誰だ」

間髪《かんぱつ》入れずに聞いてくる。言いたくなくて濁しているのはわからないはずないのに。

それでも話すわけにはいかずに、私は必死にごまかす。

「ずっと好きだったけど、叶わない相手なんです」

どうしてこんなことを本人の前で言わなくてはいけないのだろうか。つらいという思いよりも八つ当たりに似た苛立《いらだ》ちを感じる。

ここで黙ればまた向こうが何かを言ってくるだろう。私はまくし立てるようにして言葉を続ける。

「だから告白もせずあきらめて、婚活することにしました！」

もちろん、そんなにするすると相手が決まるなんてことはないだろう。でもそうでも言わないと解放してもらえそうになかった。

「婚活？」

なぜそこで疑問形なのか。私と婚活が結びつかないとでも言いたいの？

「私もいい歳なので、自分の将来について考えているんです」

「告白もできないのに、どうやって結婚するんだ」

本人に言われるとむっとする。せめて悠也が女性扱いしてくれていれば、私だって告白したかもしれないのに。

まぁ、もちろん玉砕覚悟だけど。

「さっきも言いましたけど、叶わない恋なんです。だから相手をあきらめるために今週末、陸の企画した婚活パーティーに参加して結婚相手を見つけます。その際は秘書を辞めたいと思っています」

秘書の仕事はやりがいがある。できれば一生続けたい。だがどんなに好きな仕事でも他の人と結婚したら、悠也の秘書は続けられない。

秘書として近くにいたら、悠也を忘れられる自信がない。だから婚活が成功したあかつきには、私は悠也の秘書を辞める。これだけは譲れない。

言い切った私を見た悠也が、目を見開いて絶句している。

私が結婚したがるのが、そんなにおかしいの？

彼とは長いつき合いだけれど、いまだかつてこんなふうに言葉に詰まる彼を見たことはない。

いきなり固まってしまった彼に、苛立つとともにどうしたのかと気にはなるけれど、今日の私は彼の心配をするよりも自分自身がこの場から逃げることを優先した。

「お仕事の話ではないようですので、失礼します」

許しを得る前に立ち上がり、さっさと出口に向かう。

扉から出る瞬間に一度だけ後ろの様子をうかがうと、悠也は腕を組んだままじっと一点を見つめていた。

どうしたんだろう。でも今は心配している暇はない。また追及されて変なことを口走ってしまったら困る。

私はそのまま扉を閉めて、足早にエレベーターに乗った。

エレベーターのドアが閉まると、その場で大きなため息をつく。

「はぁ～もう、いったいどうしたっていうの？」

人がいないのをいいことに、声を上げる。

どうしてあそこまでしつこく追及してくるのだろうか。

せっかく前向きに行動しようとしているのに、こんなんじゃきっとまともな婚活もできそうにない。

近くにいるとどうしたってかき乱されてしまう。太い筋金入りの私の恋を過去のものにするためには、悠也がそばにいる今の環境は劣悪すぎる。

「はぁ、もう。せっかく今日洋服を買いに行くつもりだったのに」

本当は婚活パーティーなんて気乗りしない。でも一歩を踏み出さなければ一生私はこのままだ。

だからこそ日曜に着ていく洋服を買って、気持ちを上げてそして退路を断ちたかったのに。

仕方ない、明日買いに行こう。

私はスマートフォンを取り出すとふみちゃんにドタキャンになったことを詫びて、松木堂の抹茶パフェは後日必ずおごると約束した。

＊　＊　＊

彼女が長年片思いをしていたことも、結婚をしたがっていたことも何ひとつ知らなかった。

居酒屋で彼女に好きな相手がいると知ったときの衝撃は言葉にできない。考えてみれば、浬だって大人の女性だ。恋のひとつやふたつしていて当然だ。そして二十八歳という年齢からいっても人生についていろいろ考える頃だろう。そこに結婚という選択肢があることはごく自然なことだ。

一般論で考えれば理解できるのに、浬が結婚をしたがっていると知って焦った。いや、結婚うんぬんよりも長年好きな相手がいたということの方が俺にとってはショックだった。

今まで一度だって、浬から男の影を感じたことがなかったからだ。それなのに急にそんなことを言われても……。

言われてもどうだというのだ。俺と浬は幼馴染で上司と部下で。お互いをより深く理解し合っている。

かけがえのない相手。

自分がなぜ、焦ってしまったのか答えはすぐに出た。

俺にとっての唯一無二。それが浬だ。

結婚をすれば秘書を辞めると言っていた。それは俺の前から彼女がいなくなるということだ。

ふと室内を見渡してみる。今ここに浮かぶ彼女の面影が、ひとつひとつ消えていくのを想像して動揺してしまう。

浬には浬の人生があるわけで。俺と関わりのない人生を選ぶことだってあるだろう。

だけどそれを想像しただけで、胸がざわついて仕方ない。

彼女をどうしたいのかわからない。でも何かせずにはいられない。

ただの独占欲か……それとも……まさか。

俺はすぐにスマートフォンを取り出して、蜂谷に連絡を取った。

＊＊＊

そしてやってきた日曜日。準備する直前まで「やっぱりやめておこうか」と思ったりもしたけれど、そうなることは予想できていたので、昨日わざわざ買い物に出かけて洋服と化粧品を調達した。

そうすることで、準備を無駄にしないため参加せざるをえないように自分で仕向けたのだ。

真新しい洋服を着るとそれだけで気持ちが上がる。一緒に買った新色のリップもいつもよりも明るい色を選んだ。一気に顔周りが華やかになったように思う。これなら誰かひとりくらい、私を見つけてくれるかもしれない。……などと弱気きわまりない感情でずっといる。

自分で行くと決めたけれど、前向きになれない。だからといって今のままだと自分が苦しいままだ。

やっとやる気になったのだから、ここであきらめてしまったら、今度いつ彼から卒業しようという気持ちになるだろうか。

今を逃すわけにはいかない。

好きになるのは簡単なのに、あきらめるのはこんなに苦労するなんて。好きだった時間に比例しているのかもしれないけれど。

「よし！」

私は鏡の前でぎゅっとこぶしを握って気合いを入れた。新しい自分に生まれ変わるために。

会場は都内のラグジュアリーホテル。友人や会社の人の結婚式で、何度か訪れたことがある。

パーティーなんていうから、派手なイメージを持っていたけれど、結婚前提の出会いの場であるためか落ち着いた大人の雰囲気だ。結婚式も行われる会場なので結婚へのイメージや期待が膨らむ。

受付に向かうとちょうど、陸がいた。

「おっ。小山内、来たな」

私を見つけた彼が先に声をかけてきた。

「お、いいじゃん。いいじゃん」

半歩下がって私の頭からつま先まで確認した。

「でしょ？」

気合いを入れたので褒められてうれしい。参加に及び腰になっていたけど、ちょっと自信がついた。

「このカードに名前を書いて。あとはこれ名札。個人情報保護の観点から、ここでは番号で呼び合うようになってる」

「へ～」

参加者への気遣いが感じられるシステムだと感心する。

「それと参加者同士会話をするときに使うシート。始まるまでに書いておいて」

渡された紙を確認すると、アンケート形式になっている。これをもとに話を広げてね、ということだ。たしかに初対面同士、こういったものがなければ、黙ったままただ気まずい時間を過ごすだけになりそうだ。

「うん、わかった」

「飲み物はあっち。好きにどうぞ。グッドラック」

会場の方へポンと背中を押された。

「え、これだけ？　もっとアドバイス――」

振り向いたときには陸はすでに、他の参加者の対応をしていた。

それも仕方がないだろう。彼も仕事でやっているのだ、私にばかりかかりきりにさせるわけにはいかない。

心細いけれど、ここはみんな真剣に出会いを求めている場だ。甘えてなどいられない。

私は気合いを入れ直して、まるで戦場に向かうかのごとく強い気持ちで会場に入った。

このホテルで中くらいの広さのバンケットホールには、奥の方に横並びにテーブルがあり、椅子が並んでいる。

自分のネームプレートと同じ赤い番号がテーブルにあるので、女性はこちら側に座るのだろう。

そして向かいに座る男性が時間ごとに交代していくようだ。

なるほど、これなら全員と顔を合わせることができる。そのときにこの手元にあるアンケート用紙を見せ合って、話をするってことね。

実に考えられたシステムになっていると、感心する。

壁際には、お菓子やサンドイッチなどかわいらしいフィンガースナックが並んでいる。

アフタヌーンティーのような華やかな雰囲気に、何人かの女性が写真を撮っていた。

飲み物は自由にオーダーできるらしい。陸が結婚式の二次会のイメージで企画したというのもなんだか頷ける。

私はアンケートの記入を済ませると、スタッフに飲み物をもらって会場の端っこから参加者を眺めていた。

友人同士で来ている人もいるけれど、ひとりで参加している人も少なくない。急に仲間意識が芽生えてほっとする。

せっかくだから、何か食べよう。ただ待っているだけだといろいろ考えて緊張してしまう。

ここは少し甘いものでも食べて、リラックスしよう。

私と同じような考え方の人が何人か、テーブルの前に並んでいた。お互いに少し遠《えん》慮《りょ》しながら手を伸ばす。ピンクのマカロンと一口大のマドレーヌを選んだ。どちらもおいしそうだ。

マカロンを手に取り大きく口を開けた瞬間、会場がざわめいた。私は口を開けたまま、みんなの視線の先をたどる。

いったいどうしたのだろうか。

「えっ……」

ポロッと手からマカロンが落ちた。幸い口元にお皿を持ってきていたので、皿の上に着地する。しかし私はそのポーズのまま固まってしまった。

ど、どうして悠也がここにいるの？

衝撃に思考も体も固まってしまった。

彼は周りを見回しながら中に入ってきている。その後ろを慌てて陸が追いかけてきていた。

悠也よりも先に陸の方が私に気が付いた。そして何やら両手を合わせてごめんのポーズをしている。

私は思わず目を見開き陸に怒りを伝えたが、それよりも自分の身を隠す方を優先しなければと、くるりと壁の方を向いて小さく縮こまる。

まずい……たしかに陸の主催する婚活パーティーに参加するとは伝えた。でもだからといってどうして悠也がここに登場するのだろうか。

全然理解できないんだけど!

入り口にいた悠也は会場の中ほどまで進んでいる。周囲の視線を一身に受けながら何かを探しているようだ。

あれだけ注目されたら普通の人は緊張するだろうに、一切そんな様子を見せないのは慣れているからだろう。

なんとか人の合間を縫い、外に出るために壁際を扉の方へ向かう。幸い悠也の視線は会場の奥に向いている。今が逃げ出すチャンスだ。

私は足早に出口に向かう。こういうときは振り向いてはいけない。勢いが大事だ。

自分に言い聞かせて一気に出口に向かった。もう間もなく会場から出られる。ほっとした瞬間、右肩を大きな手でつかまれた。

……あっ。

「どこに行くんだ、浬」

あああああ。

振り向かなくてもわかる。私のミッションは失敗したのだと。

捕まってしまったのならば、覚悟を決めるしかない。

私は一瞬ぎゅっと目をつむって、くるりと振り向いた。

「どこにって……まだ開始まで時間があるだろうから――」

「会場のみなさま、お待たせいたしました」

タイミング悪く開会の挨拶がはじまった。もう逃げられない。

悠也がニヤッと笑ったのを見て、苦々しく思う。

「社長こそどうしてここにいらっしゃるんですか？　もしかして参加なさるんですか？」

あえて秘書として丁寧な言い方をしてみたが、悠也はなんとも思っていないようだ。

ちょっと意地悪な言い方をしてしまったのは、こんなところで顔を合わせたくなかったという気持ちの表れだった。私が決死の覚悟でこのパーティーに参加したのに、それを無駄にされそうなのだ。少しくらい八つ当たりしても許してほしい。

「その通りだ。俺も参加する」

「えっ、冗談ですよね？」

苦笑を浮かべた私が、彼のスーツの胸に見たのは、参加者の番号が書いてあるバッジだ。

ま、まさか本気なの？

驚きで目を見開いた。何か話そうとしたけれどびっくりしすぎて二の句が継げない。

ど、どうして女嫌いの悠也が婚活パーティーに参加するの？

もしかして陸が誘ったとか？

悠也の背後にいる陸に視線を送ったが、彼は私の考えがわかったのか顔の前で手を左右に振って「俺は関係ない」とアピールしてくる。

たしかに陸が悠也の女嫌いを知っていて誘うとは思えない。それにもし陸が誘ったとしても、悠也は自分の意思がなければここには来ないはずだ。

じゃあ、ますますどうして悠也がここにやって来たかわからない。

「浬が参加できるなら、俺だって参加できるだろ」

それはそうだ。独身であれば問題はない……はず。

「では、女性の方はご自身の番号の書いてある席に座ってください」

助け舟を出すかのごとく、アナウンスが入って女性陣がまず移動をはじめた。私は速足で悠也の前から逃げたのだけれど、逆に周りの女性たちは彼に注目してなかなか席に着けないようだった。

「みなさま、お時間がありませんので」

陸がまるでボディーガードのように、悠也の周りにいる女性たちを追い払い席に着くように促《うなが》している。

「続きまして、男性も一番の方から順番に席に座ってください。五分経ちましたらお席を移動していただき、全員の方と一通りのお話をしていただきます」

説明をしている間にも男性たちは移動して席に座る。男女が揃った席では「はじめまして」などという挨拶も聞こえてきている。

いつも自ら積極的に女性に話しかけることがない悠也がどうしているのか、気になって確認すると、席に着くこと自体拒否しているようだ。

陸が説得をしていたが、最後は力ずくで彼の番号の席に座らせていた。

本当に悠也ってば、何しに来たんだろう？

どんなに考えても答えが出なくて、彼が目の前に座ったら聞いてみようと思う。

「こんにちは」

「あ、はい。こんにちは」

悠也の行動が理解できずに首を傾げていた私の前に、同じ歳くらいの眼鏡の男性が座る。

「あの、これをどうぞ」

「はい。ありがとうございます」

お互いの自己紹介が書いてある紙を交換して話題を探す。

「実は僕、こういうのに参加するのはじめてで」

「あの私もなんです。それを聞いてほっとしました」

お互い初対面だ。会話が弾む……ということはなかったけれど、第一印象や言葉遣い、まとう雰囲気などを考慮して印象を書き留めておく。

五分経てば次の人が来る。流れ作業感は否《いな》めないけれど、こうでもしなければ全員と話す機会はないだろう。最低でも、誰とも話さずに帰るなんてことにならずに済む。

ありきたりな会話だったけれど、話し方や雰囲気で自分に合わない人やこの人いいかもという人がわかる。

この会話が相手を見極める第一段階となる。

だからこそ目の前の人に集中したいのだけれど、離れた場所から感じる強烈な視線がぐさぐさと私に刺さる。

ちらっとその方向に視線を向けると、悠也がじっとこっちを見ているのだ。

もちろん目の前にいる女性はそっちのけで。

そんなことをされたら、自分のことに集中できない。

「あの……なんか、見られてますね」

「え、そうですか？」

お相手の方も気が付くくらい、悠也の態度は露骨だ。

しかし私は知らないふりを決め込む。そうでもしないと、せっかく勇気を出して参加したのにすべてが無駄になる。

「あの、ご趣味は映画鑑賞《かんしょう》ってあるんですけど、どういう映画を見るんですか？」

私は悠也の視線を無視して、相手に話題を振る。

「あ、はい。基本的に面白そうなものはなんでも見るんですけど、最近だと――」

お話が上手《じょうず》な方で助かった。

次の人、次の人とたくさんの人と話をする。初対面の人とこんなに話をしたのははじめてかもしれない。

しかもその間ずっと悠也の監視じみた視線を感じていた。

そして私の今日の勇気を台無しにしようとしている男が今、目の前に座っている。

「はじめまして、今日はよろしくお願いします」

他の参加者と同じように挨拶をする。

「昨日もおとといも一緒にいただろ」

「そうでしたか？　すみません」

悠也は話を合わせてくれるなんてことはせずに、私が渡したプロフィール表には目もくれずにこちらを睨んでいる。

彼がここにいることが疑問なのはもちろんだけど、なぜこんなに機嫌が悪いのかもわからない。

ここは素直に聞いてみるしかない。

「ねぇ、どうしてそんなに不機嫌なの？」

「いつも通りだ」

たしかに他の人が見たら、いつもと変わらない鉄面皮《てつめんぴ》――無表情かもしれないが長いつき合いの私ならわかる。これは不機嫌なときにする顔だ。

ただ追及したところで、ますます機嫌を損ねるだけ。だったらこれ以上は何も言わない方がいい。

気まずいので、他の人と同じようにプロフィール表から何か話題を見つけようとする。ここで仕事の話なんてするわけにはいかないから。でも紙を見て驚いた。

「これ、何も書いてないじゃないですか？」

それがどうした？　と言わんばかりの表情だ。

「浬にそれは必要ないだろ」

「たしかにそうですけど、他の人が困りますよね？」

「他人と話をするつもりはない」

……じゃあいったい、ここに何しに来たんだろう。今日何度目の同じ疑問だろうか。

たしかに会話そっちのけで私をじっと睨んでいた。

悠也のことは、つき合いが長い分理解しているつもりだった。それはもう知りたくないことだって知ってる。

それなのに、今彼が何を考えているのかがさっぱりわからない。

間もなく時間になるだろう。別に悠也と親交を深める必要はないので、このまま時間が過ぎるのを待とうと決めた。

「最後に気に入った相手の番号を申告《しんこく》するときは、必ず俺の番号を書け」

「は？　何言っているの？」

驚きすぎて、まぬけな顔をしてしまった。

「わかったか？」

「無理だよ、え。待って」

無慈悲に時間がきて彼は隣の席に移動する。文句も言えずに相手が目の前から消えてしまって、不完全燃焼だ。

「あの、大丈夫ですか？」

げんなりが顔に表れてしまっていたらしい。次の人に心配されてしまった。

「すみません、大丈夫です！　元気です」

気持ちを切り替えて、次の相手に臨《のぞ》む。

しかし集中力が切れてしまったのか、なかなか相手の話が入ってこない。

これも全部悠也のせい。完全に八つ当たりなのはわかっているけれど、そうでもしないとやっていられないくらい、私の思考のほとんどが彼に持っていかれてしまった。

そんななかで始まった歓談《かんだん》タイムだが、悠也の周りには人だかりができていた。

その人たちが防波堤になって、彼が私に近付けないでいるようだ。正直、助かった。

何人か声をかけてもらって、それなりに楽しく会話をした。

最初は仕事とは勝手が違うし、結婚を意識しながら初対面の人と話をするなんて……と思っていたけれど、いろいろな職業や環境の人がいて、婚活を抜きにしても聞いていて楽しい。

近くにいた女性たちを巻き込んで、何人かと話をすることもあった。

「あの、もしかしてあちらのイケメンさんと知り合いなんですか？」

隣にいた女性が遠慮がちに聞いてきた。

それも仕方ないだろう、悠也がじっとこちらを見ている……いや睨んでいるのだから。

しかしそれを認めると、ややこしいことになりそうだから、あえて他人のふりだ。

「いいえ、全然、まったく知らない人です」

視界に悠也が入らないように、私は彼に背を向けて立った。見えるから気になるのだ。最初からそうしていれば良かった。

背中にちくちくと視線を感じながら、なるべくたくさんの人と話をするようにした。

そして歓談の時間が過ぎると、自分の気に入った相手の番号を紙に書いてスタッフに渡す。

そこでお互いマッチングすれば見事カップルが成立する。今後どうするかは、ふたりで相談して決めることになっていた。

結果を待つ間、ふと気になって悠也の姿を探したけれど会場にはいなかった。

もしかして……気分が悪くなった？

悠也は普段、女性に囲まれるような状況になったら、その場を離れるようにしている。けれど今日は婚活パーティーなのでそうはいかなかったのだろう。

会場にいるときは、監視されているようで嫌で仕方がなかったのに、いなくなったら心配になってしまう。

自分の人生を大事にしたいと思って参加したにもかかわらず、やっぱり悠也が気になるのだ。

まったく落ち着かず、そわそわした気持ちで結果を聞いた。

次々に「おめでとうございます」という声が聞こえてきた。しかし悠也のことばかり気にして、全然集中ができなかった。

結局、私は誰ともマッチングすることができなかった。はじめての婚活パーティーは失敗に終わった。

一回目でうまくいくはずはないと思っていたけれど、悠也が登場して予想外のことが起こって不完全燃焼気味だ。

でもそれよりも私が気になるのは、突然消えてしまった悠也のことだ。どこかで気分が悪くなっていないか気になる。

キョロキョロしながら会場を出る。あれほど目立つのにどうして見つけられないのだろうか。

するとスマートフォンにメッセージが届く。

【３５０１すぐ来い】

これはたぶん部屋番号だ。きっと体調が悪くなったんだろう。

私は慌ててエレベーターに乗って、彼がいるだろう部屋に向かった。

呼び鈴を押すと中からすぐに扉が開いた。ジャケットを脱いでネクタイを緩めた、けだるそうな彼が出迎える。

「悠也、大丈夫なの？　もしかして気分が悪くなった？」

「ああ、最悪だ」

やっぱり。普段は避けるような環境にずっといたからだ。

彼は目元をマッサージしながら、そのまま部屋の奥にあるソファに向かい座った。

「大丈夫？　水飲んだ方がよくない？」

部屋の冷蔵庫を開けて、ミネラルウォーターを取り出し手渡そうとしたけれど拒否された。

「いらない、それよりなぜ俺の番号を書かなかったんだ」

「え、番号って？」

眉間に皺を寄せたまま、何を言い出したのか一瞬理解できなかった。

「パーティーのマッチングの番号だ」

「何言ってるの？　今それ関係ないよね？」

呆れた私は、腰に手を当てて首を傾げた。

「ある、俺の機嫌が悪い原因はそれだから」

「へ？」

理解ができずに、固まってしまった。そんな私に彼が追い打ちをかける。

「どうして俺の番号を書かなかったんだって聞いてる」

「いや、そもそもどうして悠也の番号書いてないってわかるの？」

マッチングしない限り、番号の開示はないはずだ。

「俺が浬の番号を書いたのに、マッチングしなかったから」

「なるほど……って、いやそうじゃなくて、もう本当に意味がわかんない。今日、っていうか最近の悠也ってばどうしちゃったの？」

座っている彼の前に立って、顔を覗き込む。らしくないことの連続で本当に心配になってくる。

苦虫を噛《か》みつぶしたような顔で一点を見ていた。

「浬がいなくなると困る」

小さな声だけれど、間違いなくそう言った。

もしかして私の聞き間違いかも、と一瞬思ったけれど違う。

なんて魅力的な言葉だろう。好きな人にこんなセリフを言われたら誰だって舞い上がる。

しかし彼のことをよく知っている私は、その言葉は私が欲しがっている言葉と意図が違うのも知っている。

悠也は退職を阻《はば》む手段として結婚を持ち出した。私がいなくなると不便になることだけが気がかりなのだ。

「今日明日、急に辞めるって言ってるわけじゃないでしょ？　きちんと引き継ぎはするし問題ないはずよ」

相手が見つかったとしても結婚までは年単位で時間が必要だろう。だから仕事に影響を及ぼすことはないはずだ。

「なぜ、急に結婚なんて言い出したんだ」

私はまた同じことを繰り返すのかと、ため息をついた。

「……それは説明したじゃない。もう一度言った方がいい？　女としての幸せを追いかけてみたいの。それのどこがダメなことなの？　私は恋愛をしたらいけないの？」

望みのない恋にいつまでもしがみついていられる歳じゃない。

結婚に一度失敗した母は何も言わないが、私の将来について心配しているのが会話の端々《はしばし》から伝わってくる。

しかし何よりも、私が目の前にいる悠也に囚われ続ける人生を卒業したいのだ。それには結婚がうってつけだった。

しかし覚悟を決めた私に、彼は信じられない言葉を口にした。

「じゃあ俺と恋愛すればいい。結婚も俺とすれば浬は俺とずっと一緒だ」

「……っ」

一瞬思考回路が停止した。

こういうシチュエーションを今までの人生の中で何度想像しただろうか。

しかしその都度《つど》、そんなことあるはずないと思い直し、落ち込み寂しい気持ちになった。

でもそれが今、現実のものとなっている。

指先の感覚がない、空気もうまく吸えなくて息苦しい。心臓が痛いくらいドキドキと音を立てて暴れている。

これっていったいなんなの？　何があったの？

体の機能が正常に作動しなくなってしまい、私は立っているのが難しくてその場にうずくまる。

「どうした、大丈夫か？」

慌てた悠也が私の隣に膝《ひざ》をつき顔を覗き込む。

今の自分がどんな顔をしているかわからない。見られたくないと思い必死になって顔を隠した。

「そんなに……俺と一緒にいるのは嫌なのか？」

聞いたことのないような気弱な声。

そんな声を聞いてしまったら……気持ちが揺さぶられてどうにかなってしまいそう。

悠也が恋愛感情からこんなことを言いだしたのではないことはわかっている。

単純に便利な秘書にいなくなられるのが困るのだ。

だが彼がどんな感情から言ったのだとしても、私が必要だと思ってくれている。

目の前に突然ぶらさげられた甘い誘惑じみた提案。

ずっとずっと彼との恋を望んできた。片思いのままだけれど、その願いが叶うとあって私の心はひどく揺れ動く。

出会ってから十七年目にしてはじめてきた、まさに一生に一度のチャンス。

これをはねのける勇気は私にはなかった。

「……恋愛とか結婚って、何するかわかってるの？」

俯《うつむ》いて顔を両手で覆《おお》いながら聞いた。

「当たり前だろ、澄よりはわかっているつもりだ」

「女性が苦手なのに、私と恋愛や結婚を考えられるの？」

ここはしっかりと聞いておきたい。

「女性が苦手って……他人と澄を一緒にするなんて、それこそ話がおかしいだろ」

指の間から彼の様子をうかがうと、呆れた顔をしている。

「おかしくない。悠也はちゃんと私が女だってわかってるの？」

今まで怖くて聞けなかったことを口にした。

「いったい、何を言いだすんだ。当たり前だろう」

当然のごとく驚いてみせる悠也に、なんだかむっとする。

「当たり前って……そんなそぶり一度だってなかったじゃない」

「そぶり？　学生時代からずっと一緒なんだから、性別くらい把握してるだろ」

何を言っているんだというような顔をしている。彼には私の言いたいことは通じていない。

「そうじゃなくて、私を女として――彼女として、結婚相手として見られるの？」

「あぁ、そういうことか」

やっと納得してくれた。いつもの頭の回転の速さはどこにいったのよ。

「ねぇ、無理でしょ。だいたいね――」

勢いよく立ち上がって話を続けようとした私の前に、悠也が急に立ち上がった。

ど、どうしたの？

驚いて目を見開いて彼を見る。

向こうもこちらを凝視《ぎょうし》していたので、ばっちりと目が合う。

「悠也？」

「こういうことは、口で説明するより実際にしてみせた方が早い」

「……してみせるって、どういう……んっ」

悠也が長身の体を折り曲げるようにして、私の唇を奪った。

突然唇に落ちてきた柔らかい感覚に、驚き固まってしまう。

待って……私、悠也とキスしたの？

私と、悠也が？

ゆっくりと自分の手を唇に持っていく。まだ感触が残っているようだ。

今の状況が信じられない。自分に何が起こったのか、誰か説明してほしい。

なんで、どうして、今更なの？

どうにかこうにか、視線だけ彼に移した。絡んだ視線で彼に「なぜ？」と問いかける。

「まだ、わからないのか？」

不服そうな悠也が今度は私の腕を引いて、抱き寄せた。それと同時に顎《あご》に添えられた手が優しく私を上向かせる。

「え……」

ふいに漏れた言葉。その薄く開いた唇を見逃さずに、彼が覆いかぶさる。

重なった唇はさっきみたいに優しいものじゃない。甘く食《は》むように角度をつけて口づけた後、開いた唇から彼の舌が侵入してくる。狭い口腔《こうこう》内で私の舌は逃げ切ることができずに、捕らえられ絡めとられる。擦りつけられるようにうごめく舌に抵抗できずにされるがままでいると、体の奥が熱くなってきた。

「んっ……っ」

呼吸もままならないほどの激しいキスに、頭の中がくらくらする。あえぐように息継ぎをすると、また彼の唇が私をもて遊ぶように好きにする。

あぁ……キスってこんなにすごいんだ。

まぎれもないファーストキス。知識としてはあったものの、ずっと好きだった相手との念願叶ったキスは、私の思考も羞恥心《しゅうちしん》も体の力も奪った。

逃がさない。そんな執着すら感じる熱くて深いキス。

ドキドキする心臓、くらくらする頭。力の入らない足。

もう……ダメかも。

そう思ったときはすでに遅かった。

がくんと膝から倒れた私を、悠也が支えた。

「おい、浬。大丈夫か、おい……おい」

彼の焦った顔が視界に入った。

大丈夫だと言いたかったけれど、いろいろとショートしてしまった私は返事をすることすらできなかった。

理解が追いつかずに放心状態でいると、目の前にドアップの悠也の顔が現れる。

私は慌てて自身の唇を両手で覆った。

またキスされてしまったら、何も考えられなくなってキスに夢中になってしまう。

すると彼があからさまにむっとした。

「そんなに俺とのキスが嫌だったのか」

「嫌じゃない！　……けど」

むしろ慣れすぎているような気がする。いや、比べることができないから気のせいかもしれないけれど、女性不信のはずなのに、あんなキスができるものなの？

頭の中が大混乱でとっちらかってしまっている。

そのとき悠也のスマートフォンが鳴った。

相手を確認して、すぐさま応答している。

私は渡りに船とばかりに、バッグをひっつかみ逃走を図る。

「私、帰るね」

「は？　いや、じゃあ送っていく」

通話口をふさぎながら、こっちに歩いてこようとしている。

「いや、いいから。大丈夫！」

言い切った私は扉の外に飛び出した。

運よくエレベーターが待機していて、私はそれに飛び乗った。

走ったせいか、あるいは悠也とのキスのせいか心臓がドキドキしている。

さっきのキスが頭に思い浮かんできて、頬が熱い。

エレベーター内の鏡に映った自分の姿を見たら、真っ赤なリンゴみたいになっていた。

こんな顔していたら、絶対悠也に笑われる。

両手を頬に当てて冷静になるように頑張った。でも努力すればするほどあのときの悠也の顔が思い浮かんできてどうしようもない。

明日からどうしたらいいの。

悠也の本音も、自分がどうしたいかもわからないまま私はふらふらと家路についた。

＊＊＊

あっけにとられたまま、バタンと扉が閉まるのを見た俺は電話口の相手の声で我に返った。

「すみません、続けてください」

頭を仕事に切り替えて、話を進める。電話が終わった後廊下に出たが、もちろん浬の姿はなかった。

部屋に戻りソファに勢いよく座る。上質なスプリングが俺を受けとめた。天井を仰《あお》いだまま大きく息を吐いた。

「はぁ……何だよ。逃げ出すなんて」

嫌なのか？　と聞いたら、嫌じゃないと言っていた。だから拒否されたわけではない……はずだ。

ただひたすら驚いていた。それが俺の提案に対する「はい」なのか「いいえ」なのかわからない。

何が不満だっていうんだ。

少なくとも、今日のパーティーに参加していた面子と比較するとしたら浬は俺を選ぶべきだ。

見かけは……好みの問題もあるからドンピシャとまではいかなくても、長年一緒にいて嫌だとは言われたことがない。逆に「イケメンすぎていっそむかつく」と言われたことならあるから、ルックスがいいと認識されてはいるらしい。生理的に受け付けないなどということはないはずだ。

今日はじめて会ったばかりのやつらより、気心だって知れている。長い時間近くで過ごしてきたんだから当たり前だ。

自分にそう言い聞かせようとして、ハッとした。浬のことを知っているようで、何も知らなかったではないかと。

あいつのことを知っていると思っていたのは、俺のただのうぬぼれだった。

事実、浬がずっとひとりの男性に片思いをしているのを俺は知らなかった。これまでのふたりの関係がこれからもずっと続いていくと思っていたのは、俺だけだったみたいだ。

自分の中に、人として大切な感情が抜けているという自覚はある。

恋愛に自由奔放《ほんぽう》だった実母の影響で、恋愛から距離を置く生活を送っていた。恋愛というよりも、女性そのものとなるべく関わらずに生きてきた。

特に自分に少しでも好意がありそうな相手ならなおさらだ。女性から向けられる熱のこもったまなざしに嫌悪感が湧いてしまうのだ。

浬からはそういうものが一切感じられなかった。だからこそ、ここまでずっと一緒にいられたのだろう。

それなのに今となっては、浬が他の男に向けている恋愛感情を少しでも俺に向けてくれていればいいのにとすら思う。

我ながら呆れるほど自分勝手だと思う。どうしても浬が自分のそばからいなくなってしまうのは耐えられない。だからこその結婚の提案だったわけだが、浬にしてみれば驚きでしかないだろう。

それでも後悔はしていない。彼女を繋ぎとめる方法がこれしか思い浮かばなかったからだ。

まさか自分から結婚を言いだす日が来るとは思わなかった。

浬にこんな感情を抱くとは思わなかった。

婚活パーティーの参加者に感じたライバル心。他の男と話している浬を見たときの嫉妬心《しっとしん》。結婚を申し出たときの驚いた顔を見たときの満足心。

それに……キスしたときの、恥ずかしそうな彼女に感じた胸の熱さ。

俺は、浬が好きなんだ。

誰にも渡したくないほど強く彼女を思っている。

ずっと欠落していたと思っていた誰かを愛おしいと思う感情が、ずっと心の中にあった。ただ自覚していなかったのだ。ここまで自分の感情に鈍いとは、呆れてしまう。

婚活パーティーで他の男性参加者と楽しそうに話をしている姿を見て、最初はくすぶっているだけだった腹の中の黒い感情がどんどん大きくなっていった。

他の男に楽しそうに笑いかけている、浬を見るのが嫌だった。

彼女が誰かのものになるかもしれない、そう思ってはじめて自分の気持ちに気が付くなんて。

そしてそれと同時に、彼女の心は別の男のものだから、俺が手に入れることはできないという現実を突きつけられる。

まさかこの歳になって、初恋を自覚しそして片思いをするはめになるとは、人生何が起きるかわからない。

そのうえ交際をすっとばして、結婚を申し出るなんて。

しかし自覚した俺の気持ちが浬を誰にもとられたくないと強く主張している。たとえ彼女の気持ちが他の誰かに向いていたとしてもだ。

愛のない夫婦だって、世の中にはごまんといる。

それに愛し合っていたふたりの愛が永遠に同じ熱量で続くとは限らない、母親を見ていた俺はつくづくそう思っていた。

それならばそんな不確かなものに頼らずに、生涯のパートナーを決めてもいいはずだ。

たとえ俺の思いが一方通行だとしても、浬が隣にいるならそれでいい。

だから浬にはどれだけ俺が優良物件で、愛がなかったとしても……友情の延長であっても結婚してもいいと思わせたい。

できるならこの先、俺のそばで笑顔でいてほしい。いつか遠い未来でもいい。幸せだったと思ってほしい。

愛など信じていなかったはずなのに、自分の浬に対する思いは、変わらないような気がする。自覚をしていなかっただけで、俺の中にずっと生き続けていた思いだから。

それに結婚を望んでいるのは、浬もだ。相手がまだ決まっていないだけで。

叶わない片思いはあきらめるというなら新しい相手が必要だ。だったら俺がぴったりだろう。

俺ほど条件のいい相手なんて、そうそう見つかるはずなどない。

そう考えると浬の良さに気づけなかったまぬけな片思い相手に、感謝すら覚える。

考えれば考えるほど、俺と浬の関係において結婚はベストだと思えた。

たとえ彼女の気持ちが俺になかったとしても、結婚してしまえば新しい絆が築ける。

そうやってずっとふたりで過ごしていけばいい。

まずは、しっかり俺を男として意識させることが先決だ。

何から手を打てばいいのか、これまで人生の中になかった恋愛の二文字に翻弄《ほんろう》される日が始まる予感がした。

第三章

こんなに月曜日が憂鬱だったのは、人生ではじめてかもしれない。

超絶面倒な仕事のあるときでもこんなに会社に向かう足が重かったことはない。

それもこれも悠也のせいだ。

八つ当たりに近い感情が胸の中に渦巻く。

あれから電話やらメッセージやらで、何度もコンタクトを取ろうとしてくる。無事に帰宅したことだけは伝え、そっとしておいてほしいとメッセージを送った。その後の連絡は無視している。

だって仕方ない。私にだって考える時間が必要だ。

悠也とやりとりをしていると、気が付けば丸め込まれそうになる。それは経験上間違いないとわかっている。

仕事ならボスである彼の考えを理解しそれを実行する、それで良いのだが、今回はそうはいかない。

自分自身、心の声と向き合う間は、悠也の言葉を耳に入れない方がいい。

流されないように、後悔のないように慎重に。

一晩考えに考えた。それでも結局どうするのが一番いいのかわからず、もう誰か答えを出してほしいと思う。

半ばなげやりな気分で出勤した。

ロッカールームでいつもよりうだうだして「往生際が悪いぞ」と自分に言い聞かせて社長室に向かう。

ノックをして中に入る。普段通りに出勤していた悠也の返事が聞こえた。

「おはようございます」

「あぁ、おはよう」

パソコンの画面から顔を上げずに、声だけで返事があった。

いつも通りの光景。そういつも通り……。

なぜ？　と問いたくなる。あれからずっと悩んでいたのは私だけだったのだと思うと悔しい。

しかし今から仕事だ。ありとあらゆる感情を隠し、デスクに座りパソコンの電源を入れる。

今日の業務を確認していると、チャットが飛んできた。

ん……悠也から？

【とりあえず無視はするな。どうしたらいいかわからなくなる】

どうしたらいいかわからなくなる……？　あのプライドの高い悠也が、わからないなんて言うの？

驚いて彼の方を見たけれど、あいかわらず私でなくパソコンを見ている。

【返事は？】

催促のチャットだ。

いつもなら直接言ってくるのに。

彼も、もしかして戸惑ってる？

そう思うとなんだか溜飲《りゅういん》が下がって、おかしくなってきた。思わず口元を緩ませながら返事を打つ。

【わかった】

【それだけ？】

【そうだけど】

短い言葉のラリーが続く。目の前にいるのにお互い一言も口を利《き》かない。ぎこちないことこの上ないけれど、これまでのふたりにないことだ。それがなんだか新鮮でうれしかった。

そんなやりとりから始まった一日は、これまでと変わらない時間が流れる。うだうだ考えている暇がないほど忙しい。

会議に同席し、資料を作成し、スケジュールの調整をし息つく暇もないほどで、あっという間にお昼になる。

やっと一息つける。午後からは比較的ゆっくりできると思う。

お昼は外で食べよう。

デスクの引き出しに入れていた、持ち歩き用のミニバッグを手に取る。

「小山内、ランチミーティングだ」

「え、はい」

そんな予定あっただろうか。首を傾げながら頷く。

「ついてきて」

彼がポケットに手を入れたまま、社長室を出て行こうとするので慌てて追いかける。

「予定の確認ができておらず申し訳ありません」

回り込んでエレベーターのボタンを押す。

「いや。問題ない」

いつも通りそっけない。もう少しだけでも周囲に愛想よくすればいいのに。ふとそんなことを考えて笑顔を振りまく彼を想像しておかしくなった。

「何笑ってるんだ？」

「失礼しました」

いけない、気を引き締めないと。

でもせっかくゆっくりランチできると思っていたのに、ミーティングだなんて。

まぁ社長の秘書なんだから、彼の都合に合わせるのは当たり前なんだけれど。

エレベーターが一階に到着する。すると悠也がさっさと降りてしまう。

「え、あの駐車場じゃないんですか？」

「あぁ、いいから来いよ」

「はい」

地下ではなく、こちらに車を回しているのだろうか。

秘書なのにわからないことばかりで焦る。しかしエントランスを出ても車はなく、悠也はそのまますたすた歩いて行ってしまう。

外を歩いていると、昼休憩中の会社員があちこちのオフィスビルから出てくる。

おしゃべりに夢中の女性たちの視界に悠也が入ると、彼女たちは魅了されたかのように一斉に彼に見とれた。

わかるよ、びっくりするよね。こんなにかっこいい人がいきなり現れたら。何度も見てきた光景だ。長年一緒にいる私でさえ、まだ時々ドキッとすることがあるくらいだから仕方ない。

それよりも……。

「あの、徒歩で向かうんですか？　資料とかまったくないんですけど」

「徒歩だし、資料はいらない」

「はい。どちら様との会食なんでしょうか？」

「行けばわかる」

それはそうだろう、と思いつつ先のことがわからないのは不安だ。こんなことは今まで一度もなかった。

悠也と距離が開かないようについていく。

すると路地を一本入ったところにある一軒家にひょいっと入った。

え……ここなの？

看板のない店はそう珍しくない。しかしあまりにもこぢんまりしている。

もしかしたら個人的に親しい人との会食なのかもしれない。

とにかく息を整えて、相手に失礼のないようにしなくては。緊張しつつ店内に入る。スタッフに「いらっしゃいませ」と出迎えられて個室に案内された。スタッフが椅子を引いてくれたので、そのまま座る。

向かいに悠也も座って、メニューをちらっと見るとスタッフに何か告げた。すぐにスタッフが部屋を出て、ふたりっきりになる。私は腕時計を確認した後、個室の扉を見る。

「先方はまだですか？」

「来ない」

「え？」

言われて気が付いたけれどテーブルセッティングがふたり分だ。

「どういうことなの？」

問い詰めるけれど、悠也はまったく悪びれない様子で淡々と答える。

「俺とお前、ふたりでのランチミーティングだ」

「へ？」

まぬけな声が出た。でも仕方ないと思う。荒唐無稽《こうとうむけい》なことを言っているのは悠也なのだから。

「だましたの？」

「人聞きが悪い。ふたりだったとしてもミーティングはミーティングだろ」

「それはそうだけど」

あたかも他の人も来るみたいな言い方だったじゃない。

そう言って責めたところで仕方ない。

「でもどうして、わざわざこんな回りくどいことをするの？」

社長室でだって、ほとんどふたりきりなんだから、そのときに話せばいいのに。

「公私の区別だ。その方が浬はやりやすいだろうと思って」

「それはそうだけど」

たしかに社長室は私にとっては、完全に仕事をするところだ。当たり前だけど。

料理が運ばれてきて、ふたりの前に並ぶ。

看板もなく内装もモダンシンプル、メニューも見ていないのでどんな料理が来るのかと思っていたが、並んだのは和食だった。

スタッフが料理について軽く説明してくれる。調味料も手作りしているらしく、自家製の味噌を使った鮭《さけ》の西京漬《さいきょうづ》けがメインで、いくつかのおばんざいと、具沢山《ぐだくさん》の味噌汁が運ばれてきた。

「おいしそう」

それまで不満でいっぱいだったのに、おいしいものに私はとことん弱い。それをちゃんと把握している悠也はずるい。

「昨日きっといろいろ考えてちゃんと眠れてないだろうから。胃に優しそうなものにした」

完全に行動パターンがばれている。

「うん、ありがとう」

う……こういう気遣いができる人なのだ。普段はクールなイメージが強いから余計にこのギャップに心が揺さぶられる。

仕事上のつき合いのみの人に言っても、信じてもらえなさそうだ。

職場でも暴君だと思われているせいか、時々他の秘書から「かわいそうに」という目で見られることがある。

私に対してもみんなと同じように冷たい態度だったら、とっくにこの片思いに終止符が打てていたのにな。

ちらっと彼を見ると、綺麗な箸遣いで食事をしている。

「見てないで食べろ。時間がなくなるぞ」

「うん、いただきます」

手を合わせて食べると、優しい味が体を満たしていく。

「はあ、幸せ」

落ちそうになる頬を押さえる。

「食べながらでいいから、話を聞いてくれ」

私は頷いた。おそらく昨日の話の続きだとは予想がついている。聞くのは勇気がいるけれど、ずっと逃げてはいられない。だからこうやって彼がわざわざ時間を作ってくれたことには感謝だ。

「それで俺と結婚を前提につき合うのは決定事項だとして――」

「う……ごほっ、ごほっ」

飲んでいたお味噌汁が気管に入ってしまい盛大にむせた。

「ご、ごめん。決定事項なの？」

「異議があるのか？」

「異議っていうか……なんかいきなりで受けとめきれないというかなんというか」

最初から核心に迫るのではなくて、お互いの気持ちをもう一度すり合わせることが大事なのではないだろうか。

悠也は驚いている私に、呆れたように小さくため息をついて煩《わずら》わしそうに説明を始める。

「前もって話してるんだから、いきなりじゃないだろ。いいから黙って受けとめておけ。お互いにとって最も有益な選択だ。浬が思い続けている相手のことはあきらめて、代わりに結婚相手を探すって言った。その相手を俺がするんだから、もちろん結婚前提になるのは当然だ」

なぜ今更そんなことを、と言いたそうな顔をされた上に、チクッと嫌味を言われる。

「婚活パーティーで俺は浬の番号を書いた。誰かさんのせいでマッチングしなかったけど」

いやそんなことで責められても。あのときは、こんな申し出をされていないのだから可能性のない相手を指名するはずなどない。

「たしかに婚活パーティーに行きましたし、結婚したい気持ちもあるけど」

「じゃあなんの問題もないな」

どうしてそこで問題なしになるの？

「私は冗談か、もしくは恋愛したい私につき合って（仮）彼氏になってくれるくらいだと思ってたのに」

「(仮)は必要ない。俺は他の誰かと浬を共有するつもりはない。それがたとえお前の夫だとしても。婚活パーティーでも他の男が浬に鼻の下を伸ばして近付いて行っているのを見るのは不快だった。だから俺がお前の彼氏ひいては夫になることにした。わかるだろ」

どうやったらこんなとんでもない話を〝わかるだろ〟で済ませられるというのか。

「わかんないよ。暴論すぎる」

仕事では何事も緻密《ちみつ》に用意周到《しゅうとう》に物事を進める彼が、ことプライベートだと零か百かみたいな考え方になるのが解《げ》せない。

「暴論？　いたってシンプルだろう。何がダメなんだ。見ず知らずの相手と一から関係を構築するよりも、俺と新しい関係をプラスする方が効率的だ。それにその相手とうまくいかなかったらどうする？　またあの面倒なパーティーに参加するのか？」

「う……それは」

「そもそも、これまでずっと片思いしてきてうまくいっていない時点で、次に浬に結婚のチャンスが来るのはいつになるんだ。ん？」

完全に煽《あお》られている。

言葉が出ない私に、悠也は畳みかけた。

「それなら今までずっと問題なくやってきた俺と結婚する方が現実的だろ。失敗する可能性だって少ない」

きっと彼の言葉は紛《まぎ》れもない真実なんだけれど、どうしてそういう気持ちになったのかは説明してくれない。

これだから恋愛童貞は困る。いや、私も人のことは言えないけど。

いや昨日のキスの慣れた感じからそれなりに経験があるのかもしれない。女性嫌いと見せかけて、実は意外と経験豊富だったのだろうか？　私を含めて周りは全員だまされていたの？

もしそうなら、ずっと心配していた私の気持ちを返してほしいくらいだ。

なんだかイラッとして彼を睨む。

何人かつき合った相手がいるのだろうか？　もちろんその相手ともキスしたんだろうか？

自分の中に浮かんでくる醜《みにく》い感情に気が付いて戸惑う。

彼とつき合うことを躊躇《ちゅうちょ》しているのに、やきもちをやくなんて。

もう自分の気持ちを認めて勇気を出すしかない。

「なんだよ。急に不機嫌になるな」

「なってない。私のこと彼女にするって言うなら、機嫌のひとつくらいとってくれてもいいよね？」

わざと生意気なことを言ってみせる。この間は悠也にキスされ驚かされたのだから、少しくらいの意趣返し《いしゅがえ》をしたっていいだろう。意味のない負けず嫌いが発動してしまう。

「それって……あぁ、そうだな」

悠也の顔がほころんだ。私の不器用な返事をちゃんと受けとめてくれた。

そんなうれしそうな顔するなんてずるい。

「俺は浬にずっとそばにいてほしい」

彼の手が伸びてきて、テーブルの上に置いてあった私の手に重なった。

悠也の顔を見ると真剣なまなざしでこちらを見つめている。

冗談で言っているのではないとわかっている。彼は真剣に私と新しい一歩を踏み出そうと誘っているのだ。

「浬にいなくなられると困る。俺の秘書が他のやつに務まると思うか？」

彼が結婚する理由をはっきりと言った。そこに愛の言葉はもちろんない。

これから先も私と一緒にいたいと思ってくれている。それだけでも喜ぶべきではないだろうか。〝愛しているから〟と耳触りの良い嘘をついて、私を丸め込むことだってできたかもしれない。それをしないだけ、まだ私と真摯《しんし》に向き合ってくれているということだ。

一般的に彼氏や夫となる人との間に必要な愛がなくても、たとえ私の片思いがこのまま続くとしても。

人生最後のチャンスかもしれない。ここで私が断ったら、彼はおそらくもうこの話はしないだろう。

長く積もり積もった彼への思いは、このままだときっとなくならない。それならチャンスに手を伸ばしてみてもいいのではないか。

昨日の夜も、つき合うかつき合わないかシーソーのように気持ちが揺れ動いていた。考えたって仕方ない。もしうまくいかなかったとしても、この長い片思いを終わらせることができる。ずっと同じ場所にとどまっているのは苦しすぎる。

「悠也、これからはプライベートでもパートナーとしてよろしくね」

「あぁ、こちらこそ」

彼は目じりに皺を寄せて笑った。

あぁ、私はやっぱり悠也の笑った顔が好きだ。

今までなら胸の内だけにとどめていた。でもこれからは、胸に秘めなくていいんだ。

新しい発見！

とはいえ、今すぐそれを伝える勇気はないのだけれど。

そんなことを思っていた矢先、彼が私の手を取って指先にキスをした。

早速の洗礼に、顔を熱くした私は、慣れるまで社長としての悠也と彼氏としての悠也との落差に心がついていくのか不安になってしまった。


会社から電車で二十分。そこから徒歩十分にある自宅マンション。

築十年経過しているけれど、入居時にリフォームされていて、１Ｋの室内は快適そのものだ。

「ただいま～」

誰もいない部屋に明かりをつけながら中に入る。誰に帰宅を知らせるわけでもないけれど「ただいま」と声に出して言う主義だ。

スーパーの開いている時間に帰宅できたので、駅前で買い物を済ませてきた。

外食が続くと肌も生活リズムも乱れる。

特に今日みたいに、いろいろと思い悩んで一歩踏み出したときは、いつもの自分を取り戻したい。

そうでなければ、ずっと悠也のことだけを考え続けてしまいそうだ。

部屋着に着替えてキッチンに立つ。まずはご飯を炊いてそれからおかずを作る。

といっても仕事で疲れている体で凝《こ》ったものは作れない。味付けして放っておける肉じゃがと、野菜の即席漬け、それから、安かったので買った手羽中には味付けをして冷凍しておこう。きっと今週のどこかで食べる機会があるはず。このついでの家事貯金が未来の私を助けるのだ。

今日のおかずは、あとは冷奴にキムチを乗せて、冷えたビールがあれば完璧。

凝った料理はできないけれど、母子家庭でかつ母がいない時間が長かったので、自然と家事をするようになった。

おかげでひとりで暮らしている今も、家が荒れ果てるってことはない。

ぐつぐつ煮える肉じゃがを見て、結局悠也のことを考える。今頃彼は親会社の岡倉貿易の方と会食中だ。

悠也とつき合うことになるなんて……。

昨日のキスや今日のランチのときの悠也を思い出すと身もだえしてしまう。顔も熱くて手であおぐ。

まだ実感が持てないと思っていたのに、彼の真摯な態度に流され、私たちの関係がこれまでと違ったと意識せざるを得ない。

出会ってから十七年、再会して九年が経つ。まさかここにきてこんな急展開があるなんて思ってなかった。

これから先、ふたりの関係がどうなっていくのかドキドキすると同時に、不安にもなる。

私は悠也に対して、どうあがいても捨てきれない恋心を持っているけれど、悠也が今回私とつき合うつもりになったのは、秘書として便利な私をそばに置いておきたいからだ。

独占欲じみたものもあるだろうけれど、根本にあるのはそばにいると都合がいいからだろう。

彼が求めているのは、きっと恋愛感情ではなく言ってみれば友情の延長線上にあるような関係だろう。

友達以上、恋人未満。

そんな悠也に私の気持ちを伝えるわけにはいかない。

悠也は自分に恋心を持つ女性たちには、常に嫌悪感を抱いていた。私が彼のそばにいられたのは、そういった気持ちを胸の内に秘めていたからだ。私がそんなベタベタした感情を出さなかったから、彼は安心していられたに違いない。だから長年積もり積もったこの恋心を彼には知られたくない。

もし知られてしまったら……彼はきっと幻滅《げんめつ》するだろう。しょせん他の女性たちと同じだったと思われたら、私が彼の特別である理由もなくなる。結婚どころか、そばにいることもできなくなってしまう。

このふたりの間の温度差がどんな影響を及ぼすのか。私だけが好きというのは今までと何ら変わりないけれど、つき合っているという事実に私が欲張りになってしまわないか心配だ。

関係性が変わっても一方通行なのは変わらない。

不毛な選択。

いやそんなことはない。一歩進めた……のかどうかはわからないけれど、止まっていた私の時間が動きだしたのはたしかだ。

「あ～だめだめ」

英美理にもよく言われる。第一印象と違ってウジウジしすぎだと。

だから告白することも離れることもできずに、悠也のそばにずっといる選択しかできなかったのだけれど。

でもそういう自分を変えたい。

私は気合いを入れるべく、炊きあがったご飯をお茶碗に山盛りにする。できあがった肉じゃがをお皿によそって、野菜も冷奴もトレイに乗せるとテーブルに座って「いただきます」と手を合わせた。

いっぱい食べて元気を出す。マイナスな感情を吹き飛ばすように、大きな口を開けて目の前の肉じゃがを頬張った。

「おいしい」

自分で自分を褒めながら食事をしていると、スマートフォンにメッセージが届く。行儀が悪いと思いつつ確認すると悠也からだった。

【遊園地、映画、水族館どこがいい？】

これってもしかして、デートのお誘い？

思わず笑ってしまった。こんな誘い方、不器用すぎない？

彼がどんな顔でこのメッセージを送ってきたのか、想像しておかしくなる。

たとえデートの経験があったとしても、自ら誘ったことなんてなかったのだろう。

彼ならきっと女性の方からの誘いに応えるだけだっただろうし。

考えてみればあのキスだって、私が悠也を好きだから補正がかかっているかもしれない。そもそもキスもはじめてだから上手かどうか比較対象にする経験すらない。悠也にどのくらいの経験があるのか聞いてみたい。しかし返事次第では致命傷を受ける可能性もある。

確認は……もう少し向こうの様子をうかがってからにするとして、戸惑っているのは私だけじゃない可能性が出てきた。悠也も手探りで私との新しい関係を築こうとしてくれているのは間違いない。

ずるいなぁ。もっと好きになっちゃう。

ドキドキしてふわふわして……これまで感じたことのないくすぐったい感情が胸の奥に渦巻く。

私はウキウキしながら彼に返事をする。

【全部！】

【了解】

「え、いいの？」

意外な返事に驚いた。しかしスマートフォン相手に尋ねたところで返事があるわけない。

【本当に？】
【行きたいんだろ？】
【うん】
【来週土曜空けておいて。行き先と時間は後で伝える】
【ＯＫ！】
私が陽気なスタンプで返すと既読になってやりとりは終わった。
「え～何これ」
私は興奮して頬を押さえる。ちゃんと恋人らしいよね？　これ。
悠也も私たちの関係をこれまでとは違うと、ちゃんと考えてくれている。
それがこんなにもうれしいなんて。
手探りだけど変わりはじめた。それが今はとてもうれしい。
すでに私の頭の中は悠也とのデートのことでいっぱいだった。
その週は妙にやる気がみなぎって、仕事をどんどんこなしていった。
我ながら単純だと思う。もしかして悠也はそれを予測してた？
でもそれでもいい、なんだっていい。悠也との週末が楽しみで仕方なかった。

そしてあっという間に迎えたデート当日。

私はベッドに並べた洋服を腕組みして俯瞰《ふかん》する。

「これがかわいいけど、気合い入れすぎていると思われそうだし、こっちはカジュアルに全振りしすぎ。ちょうどいいのがない～」

昨日の残業が痛かった。洋服を買いに行こうと思っていたのに、後輩のふみちゃんの急ぎの仕事を手伝っていたら、デパートが閉店してしまった。待ち合わせの時間までに買いに行けないこともないが、悩みに悩んで結局遅刻した、なんてことになると困るので今ある服でどうにかすることにした。

前もって準備をしていなかった自分が悪いのだけれど。

昨日はせめてもと思い、帰宅後お風呂に入ってパックもして……そしてその結果寝落ちしてしまった。もっとあれこれお手入れする予定が完全に台無しだ。

初デートなのに……。

そして今、なんとかヘアメイクを終わらせたけれど洋服が決まらなくて悩む。

これまでのつき合いが長かったからこそ、ちゃんとデートらしくしてこれまでと違うと印象付けたい。

それなら少し気合いが入った服装の方がいいかもしれない。実際に今日の私は気合い十分なのだから。

ワンピースに着替えた私は、さながら戦闘服を身に着けたかのように気合いを入れて悠也の迎えを待った。

そわそわして落ち着かないので、時間よりも少し早く部屋を出て、エレベーターで一階まで下り外に出る。

すると駐車場には、車にもたれてスマートフォンを触っている彼の姿があった。

え、もう来てるの？

「遅れてごめん」

慌てて駆け寄る。忙しい彼の時間を奪ってはいけない。私が毎日気をつけていることだ。

彼が私の声に気が付いて画面から顔を上げた。

「いやまだ時間じゃないだろ」

「でも悠也を待たせるなんて」

慌てた私の口元に彼が人差し指を当てた。

「問題ない。デートなんだから浬が待たせるくらいでちょうどいいんだ」

「え、あ……うん」

そうか、今日は上司と部下ではない。彼氏と彼女なんだ。

ここにいるふたりは会社にいるときと何も変わらないのに、不思議な感じだ。でもそのことがうれしくて仕方ない。

ずっとこうなればいいと望んでいたことが叶った。

湧きあがるような喜びをあふれさせないようにした。やっぱりこの浮かれ具合を悠也に知られるのは恥ずかしいのだ。

彼が助手席のドアを開けて私を中へと促す。何度か悠也の車に乗ったことはあるけれど、これまでと違ってなぜだかドキドキする。

それは悠也がちゃんと私を彼女として扱ってくれているからだ。

胸がくすぐったい。

運転席に乗り込んだ彼がエンジンをかける。仕事中は運転士がついているので彼がハンドルを握ることはないけれど、運転は好きだと言っていた。

「車出してくれてありがとう」

「たまには乗らないと、拗《す》ねるからな。こいつ」

ハンドルをポンポンと叩いた彼は、そのままゆっくりと車を発車させた。

前を見て運転している彼を横から見つめる。

九月半ば。いつになったら涼しくなるのかと照りつける太陽に文句を言いたくなる。しかし悠也は涼し気な顔で、暑さなんてまったく気にしていないようだ。

全体的にラフな装いだがもしかしたら普段はきっちりセットされている前髪が、さらりと流れているせいかもしれない。いや、カジュアルなジャケットの下に着ているカットソーから覗く、いつもは見えない鎖骨が妙にセクシーだからだろうか。時計もいつもと比較してカジュアルなものだ。

もうとにかく……かっこいい。

大学生のときに散々、彼の私服を目にしてたけれど、その頃ともまた違う。当時からモデルも顔負けだったけれど、今はそれに大人の魅力が混じっているようだ。

普段とは違う自分を見せて、少しでもドキッとさせようと思っていたのに、逆に私がドキドキしてしまった。

う～ずるい。

しょっぱなからこんなにドキドキしていたのでは、今日一日大丈夫だろうか。

ちらちら盗み見していると、信号で停まったタイミングで彼がこちらを見た。

彼を観察していたのがばれたのだろうか。

「ん、どうかした？」

しらばっくれる勢いで逆にこちらから聞いてみた。

「いいな、その服。かわいい」

「……っう」

たった一言。それだけで心臓がわしづかみされてしまう。鼓動が大きくなりすぎて苦しい。

青信号に変わってすぐに車が動きだした。言いっぱなしでドキドキさせるだけさせて……このままでは到着する前に私の心臓が持たないかもしれない。

とりあえず浅い呼吸を繰り返して、なんとか平常心を取り戻そうとした。

今日は会えるのが夕方からになったので、映画と食事に行こうという話になっている。

「わざわざ迎えに来てくれなくても映画館の近くまで行けたのに。休日だけど仕事だったんだよね？」

悠也はちらっとこっちを見て笑った。

「そんなこと気にしなくていいんだ。ありがとうって言って助手席に座る。それだけでいい。それに洋服だっていつもと雰囲気が違う。そういう準備してるんだから他のことは気にしなくていいんだ。似合ってる。かわいい」

ま、またかわいいって言った！

なんかもう、いろいろとうれしいことを言われすぎて、胸がパンクしそうだ。

「うん、ありがとう」

喜びをどう表現していいのかわからずに、そわそわしてしまう。

ここで恋心が駄々洩《だだも》れになってしまったら、一度のデートも完遂できずにゲームオーバーだ。

私にとってなかなか難易度の高いミッションになりそうだ。

普段とは違う、でも好きな気持ちを悟られないようにうれしさや喜びを伝える。そんなことできるのだろうか。

仕事以外ではいろいろなことが顔に出やすいタイプだから自信がない。

まぁでも、これまで一度も悠也は私の気持ちに気が付かなかったのだから、よほど直接的な表現をしなければ大丈夫だろう。そう自分に言い聞かせた。

少し渋滞していたけれど、混雑を抜けた後はスムーズに車は進んだ。

しばらくして郊外の映画館に到着した。土曜日の夕方なので、家族づれや恋人同士、友人たちと楽しく過ごしている人々でごった返していた。

「ここの映画館はじめて」

一年に二、三度は気になった映画を見るけれど、いつも生活圏内で済ませる。自宅から少し距離のあるここは、はじめての場所だった。

去年できたばかりで施設は新しく、思わずキョロキョロ見てしまう。

「あ、チケット買ってくるよ。あれ、今の時間やってなくない？」

電光掲示板でスケジュールを確認すると、お目当てのタイトルは今の時間にやっていない。

「別のにする？　ごめん、ちゃんと調べておけば良かった」

浮かれすぎていて、全部悠也に任せてしまっていた。仕事だとこういうミスはしないのにな。反省。

「なんでそんな自分が悪いみたいに言うんだ。浬が手配する必要はないだろ」

彼が長い体を折り畳み、私の顔を覗き込む。

急に距離が近くなって、ドキッとした。

「だってせっかく悠也が時間を作ってくれたのに――」

「別に浬のためだけじゃない。俺だって楽しみにしてたし。それにちゃんと予約はしてある。こっち」

急に手を引かれて歩きだした。人混みを縫いながら歩いて行くと有人カウンターに到着した。

「岡倉です」

「はい、岡倉様。お待ちしておりました」

にっこりと笑うスタッフがカウンターから出てきた。案内してくれるみたいだ。

手を繋がれたままの私はそのままついていく。いったいどこに行くのだろうか。そもそも映画館で席まで案内された経験がない。

奥にある扉を開くと、シアター内はいつもと違った。そう広くはないが座席同士の間隔が広く、ふかふかで大きい。

到着した席は、ど真ん中の席で電動リクライニングシートが備わっており座り心地が抜群だった。

「お飲み物などは、こちらから選んでください」

スタッフに言われるままに、オレンジジュースとポップコーンを注文する。悠也はいつも通りブラックコーヒーだ。

しばらくキョロキョロしながら待っていると、注文したものが届けられた。

「こういうのあるのは知っていたけど、はじめて。ふかふかだよね」

リクライニングをいい角度にしたり足を伸ばしたりしているとふと気になった。

「他の人来ないね」

先ほどの発券所やグッズ売り場は混雑していた。土曜日の夕方だから、満席に近くても不思議ではないのに。

「来ない。俺たちふたりだけ」

彼は私が持っているポップコーンのバスケットから数個手に取り口に放り込んだ。さも当たり前のような態度だが、私にとっては驚くべきことだ。

「え、だって。こんなに席があるのに」

「こんなにあっても来ない。俺たちだけ。他の人がいたら落ち着けないだろ」

それは……そうかもしれない。でも私の常識では映画館なんて他の人がいるのが当たり前なのだ。貸し切りなんて人生ではじめてのことだ。

でも、彼が言いたいこともわかる。さっき人混みの中を歩いているだけでも、彼を見ている人がたくさんいたのがわかった。

彼にとってはいつものことだとしても、決して気分のいいものではないのだろう。

思わず悠也の顔を見る。彼もこちらを見た。

「他に人がいたらこういうこともできないからな」

彼はそう言うや否や、私の手を引いて肩を抱き寄せた。

「え、ちょっと」

彼の胸に抱き寄せられて、体温を感じる。普段嗅いでいる香水の香りがいつもより濃く感じた。そんなことでふたりの距離の近さを意識してしまう。

慌てて体を起こそうとしたら「いいから」と言って、余計強く引き寄せられた。

「こういうことできるかどうか心配していたのは、浬だろ。だからほら、安心しろ。な？」

たしかにあのわけのわからない申し出に対して、恋人同士がするようなことができるのかどうかとは聞いた。

聞いたけど……実際にされると恥ずかしくて顔から火を噴きそうだ。

恋愛経験は——キスに関しては慣れていたような気がするけれど比較対象がないのでこの際、都合がいいけれどノーカウントにするとして、女嫌いの悠也とはほぼ互角だと思っていたのだけれど、どうやら生まれつき備わっている何かが違うような気がしてきた。

驚くほどスマートに扱われて、私の中の乙女心が歓喜《かんき》に打ち震えている。私は悠也にちゃんと女性として扱われているのだと実感できた。

ご機嫌な気分になると同時に、すごく気を使われているのではないとも思う。

だって悠也にとってはこれは信頼できる秘書を手放したくないというだけであってビジネスの一環《いっかん》のようなものだろうから。

そう思うと、それまで膨らんでいた感情がしおしおとしぼんでいく。

それでもいいと最初に覚悟したつもりだったけれど、まだまだ修行が足りないようだ。

自分と同じ熱量の心が欲しいなんて、それはあまりにも贅沢《ぜいたく》というものだと自分を戒めた。

「ほら、始まるぞ」

「うん」

気を引き締めた私だったけれど、悠也の優しいまなざしに、のめり込んだらダメだという決心は、一瞬にして溶かされてしまった。

そのうえ隣から彼の手が伸びてきて、ドキドキが止まらなくなってしまった。結局スクリーンに映し出される物語の半分くらいしか記憶に残っていなかった。

それよりもずっと握られていた彼の手の熱さや、いつもとは違う柔らかい視線が鮮明に頭に焼き付いていた。

映画を見終えた後、彼の運転で食事に向かった。

お店のチョイスも完璧だった。接待でたくさん店を知っているつもりだったけれど、そんな私でも予想できなかったほどセンスの良い鉄板焼きに連れて行ってもらった。

店では、目の前で焼けていくお肉に食欲をそそられ、お腹が苦しくなるまで食べた。最初はデートだからと思って遠慮していたけれど、悠也は私に餌付《えづ》けするかのごとくあれもこれも食べろと言うので——しかも私の食の好みをばっちり把握している——お言葉に甘えた結果だ。

誰かと食事をするのは好きだが、悠也とはそれに輪をかけて楽しい。

長く一緒にいる私たちだから、思い出話から最近の話まで話題は尽きない。

それに沈黙の気まずさもない……はずだったけれど、今までとは違い今日は意識してしまっているせいがそわそわしてしまう。悠也はいつもと変わらず落ち着いた様子なのに、悔しい。

距離もいつもよりも近くよく目が合うのは、私が彼を見ている回数が多いからか、それとも彼が私を見ている回数が多いからなのか。どっちなのだろうか。

ただそのくすぐったい空気感が、今のこの時間をふたりが恋人として過ごしている証拠のようにも感じた。

楽しい時間は、あっという間に過ぎてしまう。今日まですごく楽しみにしていたのにもうデートの終わりの時間が近付いてきた。

自宅に送ってもらったけれど、いつもは私が秘書として送り届けるのが当たり前だったのに、なんだかこれでいいのかと違和感がある。

デートは楽しかったしドキドキもした。でも悠也のエスコートが完璧すぎて、もしかしてこれまでとのふたりの関係の違いに困惑しているのは私だけなのかもしれないと詮《せん》ないことを考えてしまう。

そんなに簡単に切り替えられるものなの？

恋心がある分、舞い上がってしまう。

悠也は私に恋をしているわけではないから、恋人としての役割を果たしているだけ。だから難なく完璧彼氏でいられるのだろうか。

そう考えると少し寂しい。でもこれを飲み込めないと、悠也と恋人としてやっていくのは難しいだろう。

せっかくつき合えるようになったのだから、こんなことで文句を言うなんてわがままだ。

車が駐車場に停まる。楽しかった恋人同士の時間はここで終わりだ。次に会うのは職場だから、社長の悠也と秘書の小山内浬で会うことになる。

シートベルトを外して、悠也の方を見る。

「今日はありがとう。す～ごく楽しかった」

小学生の頃、ふたりで放課後を過ごすことが多かった。年齢も環境も変わっているけれど、あの頃と変わらないものもある。

今日でやっぱり、私は悠也が好きだと再認識した。嫌なところだってたくさん知っているのに、それでも一瞬一瞬彼が好きだと思ってしまう。

「俺も楽しかった。じゃあ、次は俺の願いを叶える番だな」

彼がハンドルに腕を乗せてこちらを見た。

「ん、どういうこと？」

私が首をひねると、彼は片方の口角だけを上げて笑ってみせる。何か企んでいる顔だ。

「浬の希望のデートをしたんだ。次は俺の希望を聞いてもらう番だ」

「希望って……リストを出してきたのは悠也じゃない」

まるで私がねだったみたいに言われるのは、心外だ。いや何年も前からデートしてみたかったのは事実だけれど。決してねだったわけではない。

「俺がリストを出さなかったら、いつまでも決められないだろ。見かけによらず優《ゆう》柔不断《じゅうふだん》なんだから、お前は」

おっしゃる通りで、ぐうの音も出ない。

「ということで、浬の部屋に行こう」

「え！　何が『ということで』なの？　無理だから」

「どうして？　彼氏としてどんな部屋に住んでいるか把握しておきたい」

当たり前だといわんばかりの顔だ。

「いや、その必要ある？」

「あるだろ。それに俺の部屋には何度も来ているのに不公平だ」

「それは仕方ないじゃない。悠也の希望だし」

今日は私が招待したわけではないのだから、まったく話が違う。

「今言ってることも俺の希望。だったら叶えてくれてもいいだろう」

「それとこれとは、違うじゃない！」

私が言い返すと、悠也は楽しそうに笑っている。

なんだか論点がおかしくなってきた。そしてこんなふうに押し問答になったときは、私は悠也には勝てない。長年そうだったのだから、ふたりの関係が少し変わったところできっとどうにもならないだろう。

「なぁ、いいだろ。少しだけ」

そうだ、こうやってお願いしてくる。ずっと命令されていれば反発できるのに。悠也は私を操縦するすべを知り尽くしている。

「はじめてのデートなのに？」

「はじめてだから、見たい。そもそもガキの頃は初日に俺を部屋に招待してくれたのに遅いくらいだろう」

「いつの話をしているのよ。あれは仕方なかったでしょ？」

「じゃあ、今日も仕方ないってことでいいじゃないか」

小さくため息をついて、私は降参する。

「わかった。でも散らかってるから少し片付けさせて」

「了解」

笑った悠也の顔がかっこよすぎて、心の中でずるいを連発しながら、私は彼を車内で待たせて急いで部屋に戻る。

悠長《ゆうちょう》に片付けをしている暇はない。目につくものをすべてクローゼットに放り込むことにした。

今朝のファッションショーの残骸《ざんがい》と部屋干ししてあった下着、ついでにメイクの参考にした雑誌を両手で抱えて押し込む。テーブルの上に置いてあったマグカップを流しに持っていき、他に何かないか確認する。

テーブルやベッドの上をさらっと確認する。ソファのクッションの位置が気になったので急いで直す。こんなことならもっとかわいいカーテンやベッドカバーにしておけば良かった、とちょっと後悔したが今更遅い。

うん、できる限りのことはした！

この間、悶々《もんもん》とする気持ちをどうにかしたくて、部屋中掃除したのが功《こう》を奏《そう》した。

私はぐるりと見渡し最終チェックをすると、悠也のスマートフォンにメッセージを送った。あまり待たせてもいけない。

その間にコーヒーの粉をコーヒーマシンにセットした。他に何かできることがないか最後の悪あがきをしていると、ほどなくしてインターフォンが鳴った。私はすぐに扉を開けて彼を出迎える。

「お待たせしました。どうぞ」

「待て。相手を確かめずにドアを開けるな」

出会い頭《がしら》でいきなりしかめ面をされて、面を食らう。

「あ、うん。気をつけるね」

「まったく、女性のひとり暮らしだって自覚がない」

またぶつぶつ言っている。

「でも意外だな、悠也がちゃんと私を女だって認識してて」

怒られた気まずさを、へらへらしてごまかす。

「またそれ言ってるけどな、俺は浬を男扱いしたことなんて一度もない」

そうだろうか。仕事中は性別関係ないのは当たり前だとして、それ以外の場面でもはっきりと女性として扱われた記憶はない。

食事を一緒にすることはあっても、これまではロマンチックなお店に食事に誘われたこともない。

時々自宅に呼ばれても、それはほぼおにぎりのためだったし、私の前で風呂上がりのあられもない姿を平気でさらすくらいだ。

たしかに男性として扱われたことはなかったけれど、異性として意識していたようでもなく、あくまでただの友人としての扱いだったはずだ。

私からすれば〝今更〟である。

「心配してくれてありがとう。でも大丈夫、これまで問題がなかったんだから」

私が笑いながら部屋の中に入って行こうとすると、いきなり手を引かれて体が後ろに傾いた。

そしてあれよあれよという間に、私は壁と悠也の間に挟まれてしまう。

私の頬の横の壁に彼が手をついている。

その状態で顔を近付けられた。至近距離で見つめられると一気に体温が上がる。顔が赤くなっているのは鏡を見なくったってわかる。

「本当にお前は、何もわかってない」

どんどん顔が近付いてくる。それと同時に彼は壁についていない方の手で私の髪を耳にかける。くすぐったさに肩をすくめる。

温かい吐息が頬にかかる。距離の近さに鼓動が跳ねた。

「そんなかわいい反応するのに、女に見てないなんてはずないだろ」

くすっと笑った彼の顔が、間近に迫る。

キスの予感。ふたりの間に流れる空気が一瞬にして濃密になる。片思いしかしたことないのに本能でわかるのが不思議だ。

目を閉じて彼を待つ。ドキドキが最高潮に達したとき——ピーピーと電子音が響き目をパチッと開いた。

お互いに無言で見つめ合う。

「こ、コーヒーができたみたい……」

気まずくて上目遣いで彼を見る。彼の目から、熱がさっと引いていく。

「はぁ。ごちそうになるよ」

気をそがれたらしい彼は、私を解放し髪をかき上げて深呼吸をしていた。

私はちょっと気まずいと思いつつ、邪魔が入らなかったらどうなっていたか想像して、慌ててそれをかき消した。最近妄想が暴走しつつある。悠也の前でそれはできるだけ避けたい。

「どうぞ」

私の後に彼がついてくる。部屋に続く扉を開けて彼を招き入れた。

中に入った彼は、ぐるりと部屋の中を見渡している。その視線を私も追いかけて、何か見られたら困るものがないか再度チェックしつつ、あんまり見てほしくなくて、すぐにソファを勧めた。

「そこに座って」

「あぁ、ありがとう」

彼は言われるままおとなしく座った。しかし興味はそがれていないみたいで、やっぱりあちこち見ている。見られて困るようなものは、出ていないはずだけど。

私も悠也の家に行ったらこんなふうに観察しているように見えるのだろうか。次から気をつけないと。

「ん？　こんな会社、取引先にあったか？」

机に出しっぱなしになっていたメモ帳を、彼が目ざとく見つけた。

「あぁそれね。知り合いの勤めている会社なの。気にしないで」

メモ帳を取り上げて引き出しに片付けた。見られて困るわけではないけれど、今説明するほどのことでもない。

すぐにコーヒーを準備して彼の前のテーブルに置いて、私は自分の分のマグカップを手に床に置いてあるクッションに座った。

「どうしてそこに座る？　こっちに座れよ」

彼は自分が座っているソファの隣をポンポンと叩いた。

「え、いや。狭くない？　ほら、悠也の部屋みたいに広くないし」

「それがこの部屋の醍醐味《だいごみ》だろ。ほら」

再度ポンポンと叩かれて、これ以上言い合うのも違うと思い、彼の隣に座る。

秘書のときならありえない距離感だ。きっとこういう小さなことの積み重ねを通じて、新しい関係性を作っていくつもりなのだろう。

悠也がちゃんと恋人らしくしようと試みているのだから、私がそれを拒否したら申し訳ない。

彼は彼自身のメリットがあるにしても、私の恋愛がしたいという気持ちにつき合っているにすぎないのだから。

私の秘書としてのスキルを買ってくれているのは本当にありがたいけれど、ちょっと寂しく思うのは贅沢だろうか。

泉西銀行の頭取は、悠也とお孫さんとの結婚を望んでいたに違いない。家族総出での囲い込みはすごかった。

今回に限ったことではない。こういった仕事にプラスになるような縁談話は過去に何度もあった。そういう話は蹴っていたのに、私を評価しそそしてそばに置きたいがために、結婚まで決意してくれている。

それだけでも十分だと思うべきなのに、一緒にいればいるほど欲張りになっている自分が怖い。

もっとちゃんと気持ちを制御しないと……。

あれこれ考えながら彼の隣に座ると、柔らかいソファにバランスを崩す。

「あっ」

彼にしっかり支えられて事なきを得た。

「おい、こぼれるだろ」

「ごめん、大丈夫？」

私は慌てて体勢を立て直し謝る。

「仕事中はしっかりしているのに、普段は昔とちっとも変わらないな」

そう言いながら笑う悠也だって、今のからかうような顔は小学生の頃のままだ。

「ちっともって、失礼じゃない。背は伸びたし、勉強だってちゃんとしたから、昔よりは賢くなってるもの」

「たしかにあのときの浬は図書館よりも公園派だったもんな」

突然いなくなった悠也を待つために図書館に入り浸りになったとは伝えない。執《しゅう》念《ねん》深いと思われたくないからだ。

「変わってないは、ちょっと違うよな。大学入学のときに会ってびっくりした」

「男だと思ってた幼馴染が、女だってわかったから？」

私だって、自分が男の子だと思われていたなんて思ってもいなかった。あのときのショックは今でも忘れられない。

「ああ。俺の知ってる浬は、ずっと少年のままだったからな」

「なかなか気づいてもらえなくてちょっと悲しかった。すごーい冷たい目で私のこと見てたんだもん」

「仕方ないだろ。他人に優しくするほど暇じゃない」

まぁ当時のフィーバーを知っているから、彼の態度も頷けるのだけれど。入学早々彼の周りには女子学生たちがわらわらと群がっていた。知らない人に囲まれて大変だっただろう。

「振り返ると、ずいぶん長い間、一緒にいるな。俺たち」

しみじみとした悠也に、私も頷いた。

「そうだね。離れ離れになったときは、もう二度と会えないんだって……半年くらい泣いて過ごしてた」

しまった……この話はするんじゃなかった。

悠也は申し訳なさそうに、眉尻《まゆじり》を下げている。

「悪かった。大人の事情に振り回されたとはいえ、ちゃんとさよならくらいはするべきだったな」

あのときの悠也は、母を亡くして、それまで存在すら知らなかった父親に引き取られることになった。突然の環境の変化に自分を守ることで精いっぱいだったはずだ。

そう思えば無理もない話だ。

当時悠也も私も十一歳。自分たちで行動を起こすには幼すぎた。大人たちの事情についていくのが精いっぱいだった。

「気にしないで、また会えてこうやって一緒にいるんだから」

「そう考えたら、不思議な縁だな」

お互い顔を見て頷き合う。ふたりの距離が近付き、唇が重なった。

出会ってから十七年。今が一番距離が近い。

角度を変えて深くなるキス。痛いくらい鼓動が高鳴る。

「んっ……」

思わず自分のものとは思えない声が漏れる。私はもっと触れてほしくなって彼の二の腕に手を添えた。

しかし次の瞬間、悠也が私の肩を持ちぐいっと引きはがした。

悠也は顔を背《そむ》けて、何かに耐えるようにぎゅっと目をつむったかと思うと急に立ち上がった。

「帰る」

「え、もう帰るの？」

あんなに部屋に入りたがっていたのに、こんなにあっさり帰るなんて。まだコーヒーすら飲み干していないのに。

急にどうしたのだろうか。もしかして、さっきのキス、私は何か失敗したのだろうか。

考えている間に、彼は玄関に向かって歩いている。追いかけると、すでに玄関で靴を履《は》いていた。

「俺が出たらすぐに鍵を閉めるんだ。わかったか？」

「う、うん……」

彼の急な行動になぜなのか心配になる。それともこれからまだ用事があるんだろうか。

「気をつけてね」

「あぁ」

数歩歩きだした悠也が振り返って戻ってきた。どうかしたのかと首を傾げている私の頬にキスを落とすと「おやすみ」と言ってまた歩き出した。

階段に向かう彼を見送る。姿が見えなくなる瞬間に軽く手を上げて彼は去って行った。

彼が見えなくなってから、私は部屋の中に入りマグカップを片付ける。

いきなり帰るなんて言うから、どうしたのかと思ったけど……最後の様子を見たら別に怒ってはなさそうだ。キスで失敗していたら、もう一度私の頬にキスしようなんて……思わないよね？

近付いたと思ったけれど、まだまだ悠也を理解するには時間がかかりそうだ。

今日はすごく楽しかったな。

私はさっきまで悠也が座っていたソファに座って、今日のことを思い出す。まだここに彼のぬくもりが残っているような気がする。

目をつむると彼の顔が思い浮かんでくる。迎えに来てくれたところから運転しているところ、映画だって、最初は興味なさそうに見ていたのに、終盤は前のめりで見ていた姿もなんだか良かった。

思い返せば今日はずっと悠也のことを見て過ごしていたような気がする。時々目が合うと照れくさかったけれど、ほんのり口元を緩ませる悠也に胸がキュンとしたのも一度や二度じゃない。

これって理想のデートじゃない？

この歳までずっと片思いしかしていなかったせいで、恋やデートに関する憧れが人より強いのかもしれない。もし悠也とデートするなら……と何度も想像したことがある。私が考えていたのよりもずっと楽しかった。

でも私の想像と違うのは……彼には私に対する恋心がないというところだ。優しいまなざしもスマートなエスコートも、結婚を望んでいる相手だからそうするだけであって、決して心から私を好きなわけではないのだ。

そのことが喜びにストップをかける。

そんなこと先刻承知していた。けれど……現実に突きつけられると結構堪《こた》える。

結婚してもいいくらいには、思ってくれているということに感謝しなくてはいけないのだろうか。

彼の心がどうやったって手に入らないのは……十七年恋をし続けた私が一番よくわかっているのに。

それでもやっぱり〝いつか〟を夢見てしまう自分の執念深さに呆れた私は、勢いよくソファに転がって天井を見つめた。

これでいいと自分で決めたのだから、これ以上を求めるなんて贅沢すぎるぞ。

自分をたしなめながら、楽しかったことだけを思い出そうとして目を閉じた。

＊　＊　＊

夜の街に車を走らせる。到底《とうてい》まっすぐ帰宅する気分になれずに、車の流れに任せて運転を続ける。

あのまま……キスを続けていたらやばかった。

出会ってから十七年。その間一緒にいない期間はあったものの、ずっといい関係のふたりだった。

しかし少し前の自分に「浬とキスをした」と言っても信じてもらえないだろう。そのくらい今回のことは自分の中でも急な話だった。

以前に浬は俺にオブラートに包んで「男女の関係になれるのか？」と聞いてきたが、そんなものなんの問題もない。

いや、むしろ暴走する気持ちを抑える方がよっぽど難しい。柔らかい唇を触れ合わせ、より深く求めると体を震わせた浬に妙に心が熱くなった。

結婚を前提につき合っているのだから、この先にいったところで問題はないはずだ。

彼女が本当に嫌だと言ったらやめるけれど、そう言われない自信はあった。

ただ……彼女の心にはまだ他の男がいる。そんな状態でいきなり俺を受け入れろというのは酷《こく》な話だ。

デートもどこか戸惑っているような様子だった。それはそうだろう、これまで友人のひとりで上司だった俺と結婚を前提につき合うとなれば、いくら臨機応変《りんきおうへん》な彼女でも困惑するのは当たり前だ。

そんな状態の彼女を、いきなり押し倒すなんてことはあってはならない。

焦るな、ゆっくりだ。

決して彼女が俺を拒否しているわけではないのだから。

浬への思いが日増しに強くなっていく。どう処理していいかわからない心の熱さと日々戦っているような状態だ。

この歳になってこんな話をしたら笑われるだろうか。

でもこれが今の俺の真実だ。走りだしたのだから、もう止めることはできそうにない。

浬もいつか同じ熱量で、俺を見つめてくれるだろうか。そう思ってそんな都合のいい話はありえないだろうと自分をいさめる。

俺は、名前も顔も知らない、彼女の思い人の代わりなのだから。

窓を開けて車内に風を入れる。熱くなった頭と体がゆっくり冷めていく。

彼女は今、何をしているだろうか。
彼女が座っていた助手席を眺めて思いを馳せた。

第四章

悠也の突然の訪問に慌ただしく対応した後の私は、思ったよりも疲れてソファに沈み込んでいた。

悠也がいたのは少しの時間だったのに、なぜだか少し寂しくなる。この部屋ではひとりで過ごしている時間の方が圧倒的に長いのに不思議だ。

自分の中での悠也の存在感がどんどん大きくなっているような気がする。

いろいろと考えている最中にスマートフォンが鳴った。彼からかと思ったけれど、知らない番号だ。誰だろう？

社内の誰かから、急ぎの連絡かもしれないと思い応答する。

「もしもし」

《小山内浬さんの電話で間違いないですか？》

聞き覚えのない男性の声に、一瞬身構える。

「はい……どちら様ですか？」

《あぁ、浬……浬なんだな》

男性は名乗る前に、声を震わせながら私の名前を呼んだ。

誰なの？　……もしかして。

「元《はじめ》お兄ちゃんなの？」

電話の相手が息をのんだ。そして声を震わせた。

《あぁそうだ。お兄ちゃんだ。浬！》

「お兄ちゃん！」

電話の相手は、ずっと連絡が途絶えていた実兄だった。

つい先日、珍しく母から連絡があった。

母も現在は再婚して幸せに暮らしている。

普段はお互い忙しいので連絡をあまりしないが、兄からコンタクトがあり私の連絡先を知りたいとのことだった。もちろん私はＯＫしてそれで兄が今日電話してくれたのだ。

私はもう二十年以上会っていない兄からの電話に、言いようのないなつかしさを覚えた。

《浬、突然ごめんな。母さんに番号を聞いたんだ。元気なのか？》

落ち着いた大人の男性の声だ。しかし記憶の中にある兄の声に間違いない。私を呼ぶ声は変わっていない。

「うん。ぴんぴんしてるよ」

《仕事、頑張っているみたいだな》

母から何かしら話を聞いたのだろう。兄には負けるが私だって胸を張れるくらいには仕事を頑張っている。

「ふふふ、毎日大変だけどすごく充実している」

ずっと会っていなかったから、話は尽きない。

《今度会えるか？》

「もちろん！　私も会いたい」

兄の誘いに飛びついた。

私だって兄にずっと会いたいと思っていたのだ。ただ両親が離婚して父とアメリカに渡った兄との連絡は、小学生だった私には難しかった。

すぐに父が再婚したこともあって、子どもながらに遠慮したというのもある。連絡を取りたいと言えば、母は反対しなかっただろうけれど、なんだかそれはルール違反のような気がしたのだ。

「うん、いつでも。どんな予定があっても会いに行く」

私はなつかしくてふたつ返事をした。

《じゃあ、明日》

「ふふふ、ずいぶん急だけど、もちろん行くから」

私は兄と待ち合わせの約束をして電話を切った。

ソファにごろんと横になって、脱力する。

「そういえば……っと」

私はさっき悠也が見ていたので片付けたメモ帳を手にして、そこに記してある会社のホームページを開いた。母から連絡があったときに兄の勤め先を聞いていたのだ。

「HJMD株式会社……っと。お兄ちゃん、代表取締役社長ってすごい」

代表取締役社長、堂本元《どうもと》。ソーシャルゲームのアプリ開発を中心に様々な事業を展開していると書いてある。

「昔から、よくゲームしてたもんね。でもすごいなぁ」

兄は昔からゲームとサッカーが好きだった。あの頃自分でゲームの開発をしたいと言っていたからその夢を叶えたのだろう。

兄に会える！　はやる気持ちを抱えながら、その日は眠りについた。

翌日、十五時。

私はドキドキしながら、指定されたホテルの一階にあるラウンジで兄を待っていた。

待ち合わせよりも二十分も早く着いてしまった。ラウンジに近付く男性を見るたびに兄かもしれないと目を凝らしてみる。

私の記憶にある兄は中学生になったばかりだった。きっとあの頃とは全然違う。

昨日兄の経営する会社のホームページで顔は確認したので、やってきたら見つけられるはず。

あ、あの人じゃないのかな?

エントランスを長身の男性がまっすぐにラウンジに向かって来る。時々腕時計を確認していた。

「お兄ちゃん!」

男性が入り口に到着した途端、我慢できずに立ち上がり手を振る。

「浬!」

私に気づいた兄は、こちらに小走りにやってきた。

「久しぶりだな。大きくなった」

兄は私の頭からつま先まで見て、満面の笑みを浮かべている。

「何言ってるの、もう二十八なんだから当たり前でしょう」

「ごめん。記憶の中の浬は小学生のままで止まっているから」

そういう兄も、あの頃の面影が残っているものの、身長も大きくなっており顔つきも大人っぽく変わった。事前にホームページで顔を確認していたから、すぐにわかったけれど、知らなければ街中ですれ違っても気が付かなかっただろう。

まじまじとお互い見合っていると、スタッフが水を持ってきたので、迷惑になってはいけないと慌てて椅子に座った。

父と母が離婚したのは、私が八歳。兄が十二歳の頃だった。

よくある性格の不一致。父がアメリカに転勤になるタイミングで離婚が決まった。

兄は父とともに渡米し、私は看護師の母に育てられた。

当時家族がバラバラになったことにショックを受けていたが、いがみ合う両親を見ないで済むと思うと少しは気が楽だった。

ただ仲の良かった兄と離れ離れになるのはつらかった。

小さな頃から兄の後を追って遊んでいた私は、お絵かきよりも虫取りが好きだったし、お人形遊びには目もくれず兄たちに交じりサッカーをしていた。

髪もずっとショートカットだったし、スカートなんて穿いたこともなかった。

当時悠也が私を男児と間違えたのも無理はない。

「ずっと会いたいと思っていたのに、連絡ができずにごめん」

「ううん……仕方ないよ」

父は渡米してすぐに新しい奥さんを迎えた。

新しい家庭を築いている父と兄の邪魔をしないようにと、お互い一切の連絡を絶った。母は私が父や兄との交流を望めば、反対はしなかっただろう。けれど私が周囲に気を使って希望しなかった。

父と母は子どもの誕生日に写真を送り合っていたようだが、私は知らなかった。兄も新しい母を思って、日本にいる私たちのことは口に出さなかったようだ。

「五年前に帰国して、こっちで仕事をしているんだ」

「うん、お母さんから聞いてびっくりした。お兄ちゃんが社長なんてすごいね」

「浬の方がすごいじゃないか。岡倉テクノソリューションズっていえば岡倉貿易を筆頭とするグループの中核企業だろ。そこで社長秘書なんて。たまたま見たホームページで見つけたときは、綺麗になってて本当にあのやんちゃな浬なのかって思った」

兄が母に連絡を取ろうと思ったきっかけは、私をわが社のホームページの新卒採用のページで見つけたのがきっかけだったようだ。

「お兄ちゃんったら、兄妹だからってひいきしすぎだよ。でもお世辞《せじ》でもうれしい。私、いろいろと綺麗になれるように頑張ったから」

必死になって女性らしくなろうと苦労したかいがあった。

「勇気を出して母さんに連絡して良かった」

お兄ちゃんがテーブルの上に置いてあった私の手を握った。

「うん、会いたかった」

すっかり大人になってしまった兄だったけれど、昔の優しい兄の面影は残っていた。

「ずっと浬のことが心残りだった。もしよければこれから定期的に会えないか？　兄として妹にしてあげたかったことをさせてほしい」

真摯な兄の目に後悔を感じた。兄が悪いわけではないのに。

「そんなこと言われたら、思いっきり甘えちゃうよ？」

潤んだ目でわざとそう言うと、兄はそれでもうれしそうだ。

「どんとこいだ！　こう見えても社長だからな。欲しいものなんでも買ってやる」

「じゃあケーキ食べていい？」

私がメニューを取り出しておどけて聞くと、兄は声を上げて笑った。

「もちろんだ。ショーケースのもの全部お兄ちゃんと食べよう」

「無理だよ。太っちゃう」

「太ったってかわいいよ、浬は」

ニコニコしている兄は本当にそう思っていそうだ。

無事に再会を果たした私たちは、離れていた時間を埋めるように飽《あ》きることなく話し続けた。

父と兄がいなくなった後、寂しさを埋めてくれた悠也もいなくなった。あの頃はどうして私ばかりが……と神様を責めたものだが、十一歳の私に教えてあげたい。

あなたの会いたい人には、時間がかかってもちゃんと会えるよと。お兄ちゃんも悠也も、今ちゃんと私のそばにいるからと。

悠也とつき合いはじめ、ずっと音信不通だった兄と再会を果たした私は、自分でも浮かれているという自覚があった。ただ毎日が楽しくて、何に対しても前向きになれていた。

そんなある日のこと。

悠也が会議に出席中なのをいいことに、少し休憩をしようとお茶を淹《い》れに給湯室に向かう。

自分のマグカップを手に取って紅茶のティーバッグを入れお湯を注ぐ。しばらくそれを眺めながら、この後の段取りを頭の中で確認する。これをするかしないかで、後の効率が変わってくるのだ。

「あ、浬さん。おつかれさまです」

「ふみちゃん、おつかれさま」

振り返ると、トレイを持ったふみちゃんが立っていた。

トレイの上には使用済みのティーカップが載っていた。片付けをする彼女に場所を譲る。

「そうだ、確認したいことがあるんですけど」

「ん、なに？」

行儀が悪いが立ったまま、できたばかりの紅茶に口をつける。

「浬さん、彼氏ができたんですか？」

「……っ、熱い！」

「大丈夫ですか？」

私は大丈夫だと手をパタパタする。

まさか悠也との交際が広まった？

真面目につき合ってはいるけれど、はじまり方が微妙だったのでわざわざ公にする必要もないと思い、誰にも話をしていなかったのに。

「誰に聞いたの？」

「総務課の人が見たんですって。この間の日曜、ホテルのカフェラウンジで見かけたらしいです。デートしてたんですよね？　すごく親密そうだったって」

それを聞いてほっとした。兄と会っていたのを誤解されたようだ。

「違うの、それは――」

「私にまで隠さなくてもいいんですって」

誤解を解こうと思ったけれど、ふみちゃんは聞く耳を持ってくれない。

「あのね」

もう一度、兄だと説明しようとしたところで、ふみちゃんが呼ばれてしまう。

「私やっておくよ」

どうやら急ぎのようだ。私は弁明もできずに片付けを引き受ける。

「ありがとうございます。今度恋バナ聞かせてくださいね」

私に何も言わせないで、ふみちゃんは去って行った。

まぁ、次に会ったときに話せばいいか。

そう思ってティーカップを片付けた後、紅茶を手に社長室の自分のデスクに戻り、席に着くと同時にスマートフォンにメッセージが届く。

わが社は短時間であれば、勤務時間中でも私用の携帯電話の使用は認められている。確認すると兄からだ。

【仕事で近くまで来てるから、ランチどうかな？】

ちょうど今日は一日中社内にいる予定だ。スケジュール的にも問題なく昼休みが取れそうだ。

【ＯＫ！】

スタンプで返事をする。

【お兄ちゃんがたくさん食べさせてやるからな。場所と時間は後から送る】

たくさんって……私のことをいくつだと思ってるんだろう。

思わず笑みがこぼれる。

兄はどうやら、ずっとできていなかった妹孝行をしたいらしい。私はあえてそれを受け入れる。

【楽しみにしてるね】

そこまで返事をしたときに、悠也が帰ってきた。

さっとスマートフォンを片付けて、立ち上がって出迎える。

「おかえりなさいませ」

「楽しそうにしてたな」

「え、そうですか？」

もしかしたらうれしくて、ずっとニヤニヤしていたかもしれない。

「今日の昼はどうする？」

「ごめん、ちょっと用事があるから今日はパスで」

手を合わせると悠也は「わかった」と言ってパソコンに向かいはじめた。

私も椅子に座り仕事を再開しようとしたときに、兄から場所と時間の連絡があった。

そのときについていたスタンプが面白くて思わず笑ってしまった。

いけない、悠也がいるんだった。

そのとき悠也に兄のことを話そうかと思ったけれど、なんとなくまだ早いと思った。

もう少し時間を過ごしてからにしようと思う。急に兄の話をされても困るだろう。

「浬、こっちに」

「はい。あの、仕事中なので名前気をつけて」

「いいだろ、別に」

先ほどの会議がうまくいかなかったのか、なんとなく不機嫌？

そう思ったけれど、仕事の指示はいつも通り的確だったから私の勘違いだったかもしれない。

首を傾げながら自席に着いてランチまでに急いで仕事を終わらせることに専念した。

兄とのランチは話も弾んで楽しかったけれど、なぜだか不機嫌だった悠也の顔が何度か思い浮かんだ。会社に戻ったらいつも通りだったけれど、何だったんだろう？


その週末。

久々に英美理を休日のランチに誘い出した。

アメリカのダイナーをイメージした店内は白と黒のタイル張りの床で、光沢《こうたく》のある赤い椅子に、壁にかけられたピカピカ光るネオンサイン。ごちゃっとしている感じがまたいい。

以前からチェックしていた店なので、楽しみにしていた。

英美理と会うと話が尽きないのはいつものことだが、今日はちゃんと相談したいことがあって呼び出していた。

話題はもちろん悠也のことだ。

「待って！　つき合ってるの？　あの朴念仁《ぼくねんじん》と」

「朴念仁って、久しぶりに聞いた」

英美理の言いように、思わず笑ってしまう。

私たちの前には、具材がこぼれ落ちそうなほど大きなハンバーガーと、山盛りのポテト、それからコーラがある。ポテトに手を伸ばし、ケチャップをつけて食べる。ジャンクフードを食べることでしか得られない幸せがある。

「浬、食べてないで詳しく話を聞かせて」

英美理に催促されて、婚活パーティーからの経緯を伝える。

「まさかの急展開すぎない？」

驚くのも無理はない。英美理は驚愕《きょうがく》の表情を浮かべて完全に食べる手が止まってしまっている。

「自分でもそう思う。これまでの片思いがなんだったんだろうって」

「長かったもんね。でも無駄ではなかったんだからいいじゃない。実らない恋の方が多いんだから」

「うん……」

英美理の言葉に引っかかった私は、言葉に詰まった。

「なに、どうした、どうした？」

英美理の祝福を素直に受け入れられない。

親友といえる彼女だからこそ、自分の今の複雑な気持ちを打ち明けたい。

「自分でもすごくわがままだとは思うんだけど、これが本当に私の望んでいたことなのかなって」

「だって好きな人とつき合ってるんでしょ？　だったら……」

「つき合っているけど、両思いじゃない」

英美理が怪訝な表情を浮かべる。

「……それは、どういう意味？」

「悠也と私の気持ちの違いが大きいのよ」

思わずため息が漏れてしまう。

「勘違いしないでほしいんだけど、悠也は私を大切にしてくれているし、ちゃんと恋人として扱ってくれているの。でもそれって結局打算からだと思うとなんかむなしくて」

女性不信に加えて人を見る目が厳しい悠也は、他人と親しい関係を築くのが難しい。

そんな彼が仕事とプライベートの両方において安心できる相手が、今のところ私だけなのだと思う。

彼にとっては貴重な存在だろう。だから恋人が欲しい、結婚したいという私に応えて恋をしているふりをしているだけなのだ。

私をそばにとどめておきたいからとはじめたことだ。

彼に恋愛感情がないということはわかっていた。それでも優しくされればされるほど、自分との気持ちの差に落ち込んでしまう。

「打算ねぇ」

英美理は頬杖をつきながら、コーラのストローをぐるぐる回している。

「たしかにそうかもしれないけど。世間のカップルだってみんながみんな同じ熱量で恋をしているわけじゃないよ」

「英美理もそうなの？」

少し考えてから答えをくれる。

「私は考えたことはなかったけど、態度とかで察するしかないかな。あとは自分が好きだからいいや！　って割り切ってる。開き直りも肝心《かんじん》だよ。恋なんて」

なんと！　さすが長年途切れずに彼氏がいる人の言葉は説得力がすごい。

「自分が好きだったらいいか。それくらいの気持ちでいた方がいいよね」

私が、彼に愛されていなくてもつき合うという選択肢を選んだのと同じく、彼も恋人として私をそばに置くと決めた。

お互いの選択について、今更物言いをつけるのはナンセンスだ。

「自分で選んだんだもの。相手が思い通りにならないからって落ち込むのは違うよね」

「うんうん。それにあの岡倉くんが、本当に嫌なことを我慢するタイプじゃないってことは私よりも浬がよく知っているでしょ。それに岡倉くんは絶対浬を傷つけたりしない」

英美理の言う通りだ。仕事中厳しいことを言ったり、プライベートで面倒ごとを押し付けてきたりもあるけれど、私が嫌がることはしない。

「たしかに与えただけのものを返してもらった方がうれしいだろうけど、それを期待しないのもまた愛だと思う」

解決したわけではないけれど、気持ちが軽くなった。

「英美理っ！　さすがだわ。私、一生ついていくね」

「いや、それはやめて」

「どうしてよ！」

ふてくされた私の顔を見て、英美理が笑う。

「私、浬には絶対に幸せになってほしいから。だから自分で考えて、それから気持ちに素直になってね」

「うん」

親友の温かい言葉に、うっかり涙しそうになる。

「ほら、泣かないの。元気出すためにチョコレートパフェ食べない？」

「いいね！」

私は英美理の提案に飛びついて、ふたりで甘いパフェに舌鼓《したつづみ》を打った。

＊＊＊

週の半ばの水曜日、二十二時。

路地裏にある一軒の会員制のバーに、俺は大学の同級生である蜂谷陸を呼び出した。

少し遅れると聞いていたが、三分ほどの遅刻だ。それでも律儀《りちぎ》に連絡してくるあたり、蜂谷は信頼に値する男だと思う。数少ない友人のひとりと言える。

「遅れた、悪いな。いやぁ、岡倉が俺を呼び出すなんてなんだか緊張するな」

ぐるりと回りを見渡しながら、こちらの様子をうかがいそわそわしている。

「好きなものを頼め」

「おごり?」

「もちろんだ。呼び出したのは俺だからな」

蜂谷は目を輝かせて、カウンターの奥に並んでいるボトルに目を走らせている。

そして最終的に、俺の手元にあるものを指さした。

「同じものを」

目の前にいたバーテンダーは静かに頷くと、慣れた手つきで準備しはじめた。

「それでわざわざ俺を呼び出したのは、小山内のことだろ?」

普段はがやがやとうるさいが、頭の回転は速い。

「そうだ。パーティーのときは無理言って参加させてもらったから、経過の報告をしておこうと思って」

もちろんこれは建前《たてまえ》だ。蜂谷もそれはわかっているけれどあえて何も言わない。

「今、浬とつき合ってる」

シンプルに事実を伝えた。

「なるほどな。ん? なんて?」

「だから浬と正式につき合っている」

蜂谷が目を見開く。それも目玉がぼろりと落ちそうなほどに。

「ど、どうしてそうなった？　あのとき、なんかもうふたり、一触即発《いっしょくそくはつ》って感じでピリピリしてたのに」

「いろいろとな」

ふたりの共通の知り合いだからといって、全部話す必要はないだろう。

「でもたしかにあのときの岡倉おかしかったよな。そもそも女嫌いなのに婚活パーティーに参加したがるのがおかしい。しかも女性の参加者はたくさんいたのに小山内しか見てなかったし」

目的は浬ひとりだったのだから、そうなるのは当然のことだ。

「雰囲気を悪くした自覚はある。すまない」

「いや、面白かったからあれはあれでＯＫ。次もサクラとして参加しない？」

「断る」

「だよな～」

断られたのにうれしそうにしているのはなぜなんだろうか。

「なにこれ、うまいっ」と手元に届いた酒を飲み大袈裟に喜んでいる。

呼び出したのはいいけれど、人選ミスだっただろうか。

だが浬のことを知っているやつに相談した方が話が早い。

「それで、話はそれだけじゃないんだろう？」

何から話すべきなのか悩んでいたら、水を向けられた。蜂谷のコミュニケーション能力の高さがうかがえる。

「つき合いはじめたのはいいんだが、なかなかうまくいかない。いつだって向こうは秘書のままだ。映画のチケットしかり、店の予約しかり、全部自分がするべきだと思ってる。だから俺が手配していると申し訳なさそうにするんだ。でも、違うだろう。つき合ってるんだから」

俺の言葉に蜂谷は、ゆっくり頷いた。

「あ～なんとなく想像できる。そのあたり不器用そうだもんな、小山内は」

「もちろん仕事中はお互い公私の区別はつけている。ただその切り替えができないみたいなんだ」

できるだけ、浬の望みを叶えてやりたい。ひとりの女性として扱ってほしいと言っていたけれど、彼女自身はずっと秘書のままだ。

「なるほどな。まぁ社内恋愛あるあるだよな」

「そんなものなのか？」

自分には経験のないことだ。これは蜂谷の知識に頼るべきだろう。

「まぁ、人それぞれだからみんなが経験しているわけじゃないけど。それはそれでいいんじゃないのか」

「いいのか？」

浬は、俺が自分を女性として扱えるかどうかを心配していた。だからできるだけ丁寧に扱っているつもりだ。

「小山内だってそのうち慣れるさ。恋愛ってさ、お互い手探りで進めるのが醍醐味だから。ゆっくり時間をかければいいんじゃないか？」

蜂谷の言葉に妙に納得してしまう。

「それよりも、岡倉って女嫌いをこじらせてたじゃん？ それなのに小山内は平気なんだよな？」

「そんなにおかしいことか？」

同じようなことを浬も言っていたな。

「なんとなく、なんでだろうってちょっと気になっていたから」

「そもそも浬は浬なんだ。性別なんて関係ない。浬っていう存在なんだ」

自分の中の定義を話した。しかし蜂谷は眉間に皺を寄せて首を傾げた。

「ごめん、一ミリもわからん」

「なぜだ」

これ以上どう伝えたらいいのか。

「とりあえず、小山内は特別で。大切に思ってるってことでいい？」

「そういうことだな」

きっとどんなに言葉を尽くしても他人にはわからないだろう。

自分の居場所がなかったあの頃。浬のそばにいるときだけが、幸せな時間だった。

そして大人になって、突然女性だとわかったところで、彼女への認識が変わることはない。

「それ、ちゃんと小山内にも伝えた方がいいと思うぞ。すぐにじゃなくても」

「必要なのか？」

「あぁ。たぶん」

あいまいな答えだが、仕方ない。答えを出すのは俺と浬だから、蜂谷に答えを導けというのも酷だ。

「とりあえず、めでたいな。乾杯しよ」

なぜここまできて乾杯？　そう思わないでもないが、蜂谷が俺と浬を応援してくれていることはわかった。

「乾杯」

グラスを軽く合わせると、澄んだ音が響いた。

ただ俺の心は蜂谷が言うようにめでたくはなかった。

まだ一番引っかかっていることを、相談できていないのだ。それを顔に出したつもりはなかったのに、蜂谷は目ざとく気が付く。

「なんでそんな浮かない顔をしてるんだ」

「それは――」

ここで相談するかどうか迷った。だがこいつなら何か知っているかもしれない。

こいつに尋ねることが、浬に対するルール違反だとしても。

「浬の好きな男って、誰なんだ」

蜂谷がその場で酒を吹き出し、むせた。

「汚いな」

気が付いたバーテンダーからおしぼりを受け取ると、蜂谷は慌てた様子で口元を拭った。

「いや、それマジで聞いてる？」

「無論だ」

俺の返事を聞いた蜂谷は相当驚いたのか、またしても目がこぼれ落ちそうなほど見開いた。

「岡倉と小山内って、つき合ってるんだよな」

「あぁ、そうだ」

さっきそう伝えたはずなのに、なぜもう一度聞く？

「それなのに、小山内の想い人を聞くのか？」

「あぁ。おかしいか？」

「おかしいだろ」

「そうだよな」

俺だってそう思う。浬とつき合っているのは俺なのに、彼女の心の奥底にいるのは別の男なのだ。

「彼女に好きな人がいるのがわかっていて、つき合おうと言ったのは俺だ。だから今更相手を探るのはルール違反なのかもしれない」

「でも気になる」

俺の言葉の最後を奪った蜂谷の言葉に頷いた。

浬が言いたくないと言っていることを探ること自体、裏切りだと思う。だがどうしても胸のもやもやが収まらないのだ。

「いやぁ～さすがに俺の口からはちょっと。ちゃんと話し合ったらどうだ。岡倉も小山内も仲がいいのに肝心なことは話ができないのはどうなんだ」

「まったくその通りだ」

わかっている、わかっているけど。

「浬のことになるとうまくいかない」

他のことなら問題があってもなんとでもなる。あきらめたり他の方法をとったり。でも彼女のことになると、どんな手を打てばいいのかわからないのだ。

それに最近……何かを隠しているような感じがする。

この間も誰かと楽しそうに連絡を取った後、俺との食事を断って出かけていた。

長いつき合いだからこそわかる。彼女の相手が特別な存在なのだと。

自分がその相手の代わりだという事実に打ちのめされる。

「岡倉も人間だったんだな」

「なんだよそれ」

「いや、安心した」

なんだかよくわからないが蜂谷は楽しそうに酒を呷った。

第五章

めっきり秋らしくなってきた十月初旬。

秋の深まりとともに、私と悠也の関係もゆっくりだけど前に進んでいた。

悩みが解決したわけではないけれど、やっぱり彼と過ごす時間は私にとっては楽しくて、難しいことは考えずに彼とともに過ごす時間を大切にするようになった。

「お食事、召し上がりましたか？」

「いや、時間がない」

悠也は会議を終えて、次は雑誌の取材のために応接室に向かっていた。私もその半歩後ろをもろもろの報告をしながら歩く。

「取材の後、少し時間が取れますのでお食事なさってください」

「あぁ」

「おにぎり作ってきてるの」

私の言葉に、先を歩いていた悠也が足を止めて振り返った。

「今日は食事の時間を取るのが難しいと思ったから」

「助かる。ありがとう」

にっこり笑った顔を見て、私も笑顔を返す。

仕事とプライベート。きちんと線引きするのが本当はいいのだろうけれど……。

仕事中でも、悠也の彼女だから手助けできることもあると、柔軟に考えられるようになった。

あいまいな境界線でも、人に迷惑をかけなければお互い仕事にやる気が出せる。

今のことだってただの秘書だった頃には、できなかったことだ。彼の彼女だからできること。

「そうとなったら、さっさとと片付けよう」

頷いた私は、彼とともに足早に応接室に向かった。

間もなく約束の時間だ。応接室にはわが社の広報担当と記者の方が待機しているはずだ。

到着してノックをし、返事を待って中に入る。

「お待たせしてすみません」

声をかけると、中にいた業界紙の記者さんが立ち上がり会釈《えしゃく》をしてくれた。

私から見ても美しい女性だ。立ち居振る舞いも洗練されている。

早速始まったインタビューでも、業界紙の記者さんだけあって、質問が奥の深い内容になっている。

すごい人だなぁ。感心しながら取材内容を確認していく。

写真も確認させてもらったが、フレームの中の悠也はカリスマ性にあふれていて眩しく見えた。

このリーダーシップあふれる男性が、自分の彼氏だと思うとくすぐったい。

「最後にこれは個人的な興味なのですが」

悠也の写真データを見てかっこいいなどと思っているうちに、取材が終わったようだ。

画面から顔を上げ、記者さんの顔を見る。

「岡倉社長は、現在おつき合いされている人はいらっしゃいますか？」

え……。

それまでビジネスライクだったので、油断していた。この手の質問は悠也にはＮＧなのに。

まずいと思って、悠也を見た。

先方の失言といえども、この程度なら多くの人は世間話だと済ませる。

ただ悠也は違う。女性からのこういったアピールに、これまで過剰に嫌悪感を示してきた。

これまでのゴシップ誌はすぐに関係を切れば済んだ話だけど、業界紙は他の社長との対談などもあるので、強引な対応はできない
でも私はそこで驚いた。一瞬、眉間に皺が寄りかけたけれど、これまでと変わらない様子で淡々と応じた。これまでだと不快感を隠そうともしなかったのに、今は少し笑顔すら浮かべている。

「大切な人はいます」

しっかりとそう言い切った後「おつかれさまでした」と言って、出口に記者を案内していた。

これまでだったら、もっと嫌そうな顔をして理由をつけてさっさと先に退席していたのに。

記者は少し気まずそうにしていたけれど、笑顔で広報部の人と応接室を出て行った。私たちも次の予定があるので急いで社長室まで戻った。

朝からたくさんのスケジュールをこなしているが、この後も時間が押している。

分刻みのスケジュールはいつものことなので慣れてはいるが、ミスは許されない。

社長室に入ると彼がすぐに私の方に来て、手を差し出した。どうやらおにぎりの催促のようだ。

私は朝準備してきたおにぎりを悠也に渡すと、給湯室でお茶を淹れて彼のもとに届ける。

ふたたび社長室に戻ると、タブレットを確認しながら、彼はすでにおにぎりを頬張っていた。


「ありがとう。うまい。午後からも頑張れそうだ」

忙しいと昼食を抜きがちだから、今度からも時々こうやって作ってくるのもいいかもしれない。喜んでいる彼を見ると、あれこれやってあげたくなる。

彼がタブレットを手放したので、先ほど気になったことを聞いてみる。

「悠也、最近少し女性に優しくなった？」

あえて〝悠也〟と呼ぶ。

「なんだ、やきもちか？」

「そんなんじゃないし！」

私が慌てると、彼は声を上げて笑った。

「なんとなくそう感じたから」

ここ最近の彼を見ていると、これまで苦手としていたタイプの女性と仕事しても、比較的嫌そうにすることがなくなった。

「少し考え方が変わったのは事実だな」

「そう……良かった」

世の中の半分は女性だ。だから少しでも慣れて、彼の生きづらさがなくなればいいと思う。

「そうだ。今週の日曜、浬と行きたいところがあるんだが」

私はカレンダーを確認してハッとした。

「わかった。今年は私も一緒に行くね」

「あぁ。頼む」

彼はタブレットを取り上げると、プレジデントデスクに移動して、三十分後にある会議まで黙々と仕事をこなした。

私はそんな彼の姿を見て、日曜にどんな気持ちで彼と過ごせばいいのか、思い悩んだ。

その週末。

秋深くなり高くなった空は、雲ひとつなく晴れ渡っていた。

心地良い風が頬を撫《な》で、トンボがあちこち飛びまわっている姿が目に入る。

私と悠也は近くのフラワーショップで大輪の真っ白な百合の花を買って、墓地を訪れた。

今日は悠也の母親の命日だ。

もちろん岡倉家の母ではなく、悠也の生みの親だ。

毎年彼はこの日は午前中に仕事を休んで墓地を訪れているので、自然と覚えてしまった。

玉砂利を踏みながら、お寺の隣にある墓地に足を踏み入れる。

悠也とは長いつき合いだけれど、ここを訪れるのははじめてだった。

彼の家庭環境が複雑だというのは、公園で出会い仲良くなった後すぐに気が付いた。

夕方になってみんながどんどん帰宅しているのに、悠也はいつまで経っても帰ろうとはしなかった。

うちに誘ったときも、申し訳なさそうにしていたけれど「親が心配するから」というよく聞くフレーズは彼の口から一度も聞くことはなかった。

私の母はいろいろと察していて、悠也が我が家で過ごすことを歓迎していたし、一緒にいるときの悠也は、時々困った顔をする以外は私にとって最高の友達だった。

心配はしていたけれど、私の前での悠也は物知りでしっかりしていて、頼もしかった。

ただ家族について彼に聞いても、うまくはぐらかされて何も教えてくれなかった。

再会後にお母様が亡くなられて岡倉の家に引き取られたと聞いたけれど、そのときでさえ詳しく話を聞くことができなかった。

彼から発せられる拒否の空気が、私に触れてはいけないのだと思わせたのだ。小学生の頃に、家族の話をしたときの悠也の悲しそうな顔が思い浮かんできて、悲しくなった。

だから、ここに今日誘われたことは大きな意味があるのだと思う。

「大丈夫か？　悪いな、少し距離があるから」

「ううん。平気。私が公園で走り回ってたの忘れたの？」

「ははは、そうだったな」

なんとなく緊張した雰囲気を柔らかくしたくて、わざとおどけてみせる。彼もそれを受け入れて少し笑ってくれた。

墓地に入ってしばらくしたところで、杉浦家と書いてある墓石《ぼせき》の前で彼が足を止めた。

悠也の旧姓だと確認した。ここに彼の生みの母が眠っているのだ。

黙ったまま墓石を見つめる悠也の隣に立って、私も同じように見つめる。

彼が今どういう気持ちでここに立っているのか、私にはわからない。

ただその横顔が、今まで見たことのない表情だった。

他の人ならば無表情に見えるかもしれない。けれどその中に、悲しみややるせなさのようなものがにじんでいる。

決して温かい感情ではない。生前故人に抱いていた感情が、墓石を目の前にして様々に浮かんできているようだ。

複雑な思いを抱きながらも、それでも毎年欠かさずここに来るのには、きっと彼の中では様々な葛藤《かっとう》があるからだろう。

それはきっと私には理解できない。

でもそれでも……。

私は無言のまま彼の手を取って、ぎゅっと握りしめた。

こうやってそばにいて寄り添うことしかできないけれど、でもきっとそれが、彼が私に求めていたことだろう。

「浬、ありがとう」

私の方を見た彼の目は、いつもの優しいものに戻っていた。

それから、お花を供《そな》えふたりで手を合わせた。

そしてまた何も言葉を交わさずに、車に戻った。

わずかに渋滞したが、そこまで時間がかからずに都内に戻って来た。

運転中も何か考え事をしているのか、言葉は少なかったが、きっと今日は彼自身が、過去に向き合う日なのだろう。

「悪いな、つき合わせて」

「ううん。大丈夫だよ」

なるべく明るく答えるようにした。

「部屋に……来ないか。少し話がしたい」

突然だったが、断る理由はない。

「うん、わかった」

私が明るく返事をすると、彼はどこかほっとしたように笑った。

そしてそのまま彼のマンションに向かった。

何度も通ったマンション。慣れているけれど、今日は悠也の様子がいつもと違うので、私は少し緊張していた。

話したいことがあるって言っていたけれど、なんの話だろう。

笑顔を見せていたから、悪い話ではないんだろうけど。

「浬、コーヒーと紅茶どっち？」

「コーヒーがいい。あ、私が淹れるよ。たぶんその方がおいしい」

「たしかにそうだな。よろしく」

彼はわずかに肩をすくめて笑った。少しでも彼がそうやって笑ってくれるだけでほっとする。

とはいっても、コーヒーマシンに粉をセットして、スイッチを押すだけだ。

誰が準備しても変わらないとは思うけれど、運転で疲れた彼を少しでも早く休ませてあげたい。

私はぽたぽたと落ちるコーヒーを待ちながら、ふとリビングにいる悠也を見た。

彼は窓辺に立ち、外を眺めていた。

愁いを帯びた端正な顔立ちはかっこいいけれど、やっぱり私は彼の笑っている顔が好きだ。

そんなことを考えている間に、コーヒーができた。マグカップに入れてリビングに持っていく。

「できたよ」

窓辺に立つ彼に手渡すと、すぐにその場で一口飲んだ。

「うまいな。ありがとう」

「でしょ？」

得意げに言うと、彼は苦笑を浮かべて「調子に乗るな」と私の鼻先をつついた。

そして楽しそうに笑っている。

「私、悠也が笑ってるとうれしくなる」

口からするっと今の気持ちが飛び出した。

「どうしたんだ、いきなり。いや、ごめん気を使わせて」

私が首を振ると、彼は私を抱きしめた。

「ねぇ、コーヒーこぼれちゃうよ」

「悪い、でも今はこうしたい」

「うん」

しばらく抱きしめられたままになっていると、悠也が大きく息を吐いて「座ろうか」と私の手を引いてソファに座った。

私も彼の隣に座る。

つき合いはじめて二カ月の間に、こうやって距離を開けずに隣に座ることも慣れた。

「浬、聞いてほしいことがあるんだ。……母親のことだ」

「うん」

予想はしていたけれど、緊張が走る。私は居住《いず》まいを正した。

「もう亡くなっているし、今更と思うかもしれない。だけど浬には知っておいてほしい」

私は静かに頷いて、彼の話に耳を傾けた。

「俺の母親は簡単に言えば、恋多き女だった。岡倉の父とは真剣に交際をしていたみたいだけど、母の浮気で破局。その後に妊娠に気が付いたみたいだけど、父には伝えずに産んだと本人から聞いた。父も母が亡くなるまでは知らなかったみたいだから、本当のことなんだろうな」

彼は自分の生まれてくる前の話もしっかり知っているようだ。

「母の生活は恋愛がすべてだった。無論子育ては向いてなかった。なんとか育ててはくれていたけれど、彼女自身生きていくのに必死だった。常に自分を支えてくれる男が近くにいないとダメな人だったんだ」

悠也の母が、当時どういう気持ちだったのか知ることはできない。ただそれを淡々と話す悠也に胸が痛む。

「でもまぁ、そんな人には子どもは邪魔だよな。小学生になったらお金だけ持たされて、家に帰ってくるなと言われ、行き場所がなくて図書館にこもってた」

「そのときに私たちは出会ったんだね」

最初に彼を見つけた日、図書館が閉館すると公園の街灯の明かりで本を読んでいた。あの姿を今でも鮮明に覚えている。

「そうだ。あの頃の俺は澪と過ごすなんでもない時間に救われていたんだ」

「私も悠也と過ごすのが、何よりも楽しかった」

自分の大切な思い出を、彼も大事に思っていることがうれしい。

「家に帰れば母親が男を連れ込んでいて、自分の家なのに居場所がなかった。やっぱりさ、母親の女としての顔を見るのは気持ちのいいもんじゃなかった。それが積み重なって、女嫌いになっていったんだろうな。女性を見ると母親に抱いていた嫌悪感を思い出してしまうんだ」

私は視界がにじんできた。こんなにトラウマになるほどの思いを、小さな悠也がひとりで抱えていたなんて。

「私、何も気が付いてなかった」

「それはそうだろう。浬には必死になって隠していたから。一緒にいるときは楽しいっていう気持ちだけでいたかったし」

彼は切なそうに瞳を揺らし、話を続ける。

「そしてある日唐突に母親が亡くなった。本人は自覚していたみたいで、死ぬ間際に岡倉の父に連絡を取ってくれていた。岡倉夫妻には子どもがいなくて俺を引き取って、それは大切に育ててくれた。そこだけは母に感謝だな」

彼は努めて明るく言っているけれど、悩みもたくさんあっただろう。

「自分なりに岡倉の両親の期待に応えようと努力もしてきたし、成果も出してきた。でも克服できない悩みがずっとつきまとっていた。まだあの頃のトラウマにさらされている自分が嫌になることもあった。でも――」

彼はそこで言葉を切って、私の顔を見た。

「でも浬とつき合うようになってから、考え方が変わった。これまで女性だからという理由でひとくくりにしてきたことが間違いだっていうのに気づけた」

ここ最近の悠也の態度が変わってきた理由が、この心境の変化だったようだ。

「浬だけずっと平気だったのは、俺が浬を深く知ろうとしていたからだ。自分から拒絶していたらうまくいかないのも当然だよな。こうやって自分を見つめ直せて、一歩進めたのも浬のおかげだ。ありがとう」

「何もしてないよ。私は」

ただ彼と過ごしただけ。一緒に笑っていただけだ。

「そんなことない。浬だから俺を変えることができたんだ。間違いない。自分に恋愛なんてできないと思っていた。でも浬を大切に思って過ごす時間が俺を変えてくれた」

「悠也……そんなふうに言ってもらえると、私もすごくうれしい。私にとって悠也は大切な人だから」

「浬……」

彼が私の頬に手を当てて名前を呼んだ。呼び方はずっと同じなのに、甘く胸に届く。

「俺はこれから先も浬と進んでいきたいと思っている」

「私も同じ気持ちだよ」

私の人生のほとんどを悠也が占めている。

これから先、何があるかわからない。けれど彼の隣にいられる間は寄り添っていたいと思う。

「だったら、その一歩を今夜踏み出さないか」

彼はそこまで言うと、熱のこもった目で私を見つめた。

「好きだ、浬」

ずっと欲しかった言葉だ。

彼が自分からこの言葉を口にできるほどトラウマを克服できたのだ。

もうその〝好き〟がどんな意味でもいいと思った。恋でも愛でもなくても彼が私を好きだという事実は変わらない。それで十分だ。

何度も夢に見たシーンに、私は息を深く吸い込んだまま止まってしまった。

「私も、悠也が好き」

なんとか自分の思いを告げた。そして彼の頬に手を伸ばしてそっと触れた。温かい頬から彼の熱が伝わってくる。彼に好きと言われることを夢見たと同じくらい、彼に好きだと伝えたかった。

ただそれを伝えてしまうと、私と悠也の関係が一気に崩れてしまう。そう思ってずっと伝えられなかった〝好き〟という言葉。

やっと言えた。

「浬……ずっとふたりでいよう」

キスの間際に伝えられた言葉に応えるように、私はゆっくりと目を閉じて彼のキスを受け入れた。

重なった唇は角度を変えるたびに、深くなっていく。息継ぎのために唇を開くと遠慮なく悠也の舌が私の舌を捕らえた。絡められ、なぶられ、強く吸い上げるたびに、私の体は甘いしびれを感じて、体の奥から溶かされていく。

「ふっ……はぁ」

苦しくて大きく息をすると、どちらのかわからない唾液《だえき》が首筋まで流れる。悠也はそれを惜しむかのように、舌で舐め上げた。

首だけでなく、背中をぞわぞわとした感覚が駆け巡る。

それをきっかけに、首筋に舌を這わせながら私のワンピースの背中のファスナーをゆっくりと下ろす。

「んっ……」

背中に空気が触れて、胸元が緩む。あらわになった膨らみに彼がキスをして強く吸い上げた。ぞくぞくする感覚と、これから行われる未知の出来事に期待と不安が入り交じる。

彼はもう一度胸元にキスを落とした後、顔を上げた。

「嫌だったらすぐに言え。浬の嫌なことはしたくない」

「わかった。悠也も無理はしないで」

女性が苦手だった彼。私はずっと近くにいても平気だったけれど、実際に男女の仲になれるのかどうか心配だ。

彼の中にあるトラウマが完全に消えたわけではない、また彼を苛《さいな》むかもしれない。

「無理？　やせ我慢してる」

私は言葉の意味がわからなくて、少し首を傾げた。

「かっこつけて『嫌だったら言って』なんて言ったけど、実際に止められると俺がキツイ」

照れたように目元を少し赤くした彼に、胸が高鳴る。彼に女として求められていることがうれしい。

「止めないよ。私だってもう――きゃぁ」

言葉を続けることができなかった。私は悠也に抱き抱《かか》えられて浮いていた。

「悠也？　待って」

「待たない。さっき止めないって言ったのは浬だろ」

「止めない。でも私……重いから」

できれば下ろしてほしい。自分の足で歩けるから。

「全然、俺が一瞬も放したくないんだ。だから今日は素直に従って」

熱いまなざしで見つめられ、そんなことを言われたらおとなしく頷くしかない。

私は恥ずかしさから彼の肩口に顔をうずめて、羞恥心に耐えながら、おとなしく彼に運ばれた。

寝室に到着すると、彼はベッドに私をゆっくりと座らせて間接照明のライトをつけた。ほんのりと明るい色に照らされた室内にドキドキする。

何度もマンションに出入りはしていたけれど、寝室に入ったのははじめてだ。これまでは寝室というプライベートな空間は、長いつき合いでも遠慮する場所だという認識だった。

他の部屋同様ものが少なくて、シンプルだ。ファブリックはネイビーで揃えられていて、クイーンサイズのベッドが部屋の真ん中にあった。そのサイドにあるチェストにはスタンド式のスマートフォンの充電器がある。

私の知らなかった彼の生活の一部を垣間見《かいまみ》る。

「そんなにキョロキョロして、ずいぶん余裕だな」

彼が私の視界を遮るようにして、キスをした。

「よ、余裕なんてない。悠也はどうなの？　ずいぶん自信たっぷりに見えるけど。こういうこと……前にしたことあるの？」

「そう見えるのか」

私が頷くと、小さく笑った。

「それじゃ、全然答えになってないんだけど」

「ない」

「キスも？」

悠也は髪をかき上げ、ため息をついた。

「俺にそんな相手がいないの、浬がよく知っているだろ。これだけ一緒にいて気が付かなかったのか？」

「じゃあどうしてあんなにキスがうまかったのよ」

思わず拗ねるような、責めるような言い方になってしまった。

「そういう野暮《やぼ》なことは聞くな」

「でも聞きたいの」

食い下がる私に、彼はとうとう観念したようだ。私から視線をわずかに逸《そ》らせてからぼそっと呟いた。

「そんなの、好きだからに決まってるだろ」

それを聞いた瞬間、私の心臓がぎゅうっとなる。体温が一気に上がりうれしさと恥ずかしさで顔が熱い。

「これで満足だろ?」

彼が私の様子をうかがうと、首筋に顔をうずめようとした。

「待って。深呼吸、深呼吸だけさせて。心臓が口から飛び出しそうで」

さっきからドキドキしていて、胸が痛いくらいだ。緊張も相まってどうしたらいいのかわからない。

「飛び出したら困るから、俺がふさいでおこう」

言いながらベッドに乗り上げた彼が、私の唇をふさいだ。

からかうように何度か口づけた後、舌を吸い上げられた。

ビクンと体が跳ねると、彼はキスをしたまま笑ってそのまま中途半端だった私の洋服を脱がしていく。

羞恥心からあらわになった肌を必死になって腕を使って隠した。そんな私を一瞥《いちべつ》した悠也は、恥ずかし気もなく自ら服を脱いでいく。

見ていられなくて視線を外した。それを悠也はからかうように、小さく鼻で笑う。

「はじめてでもないだろ」

たしかにシャワーを浴びた後の彼の姿を見たことはある。

「何度見ても、恥ずかしいもの」

「そうか。だが大丈夫だ」

何が大丈夫なの？　と首を傾げると答えを知る前に彼に押し倒された。

「そんなの、すぐに気にならないようにしてやるから」

そう言った悠也の瞳の中に見た、熱い情欲が一瞬にして私の脳内をしびれさせた。

「そんなにかっこいいなんて、ずるい」

私の抗議に悠也は不敵に笑った。

「ずるくても、なんでもいいさ。浬が抱けるなら」

息をのんだ私は、そのまま悠也の腕の中で翻弄された。押し寄せる快感と大きな幸せに息をするのもやっとだ。

心も体も悠也によって満たされる。濃密で幸福な時間が私たちふたりを包んでいた。

ふと頬に吐息を感じて目が覚めた。

視界に入っていた、ぼやけていた対象の輪郭《りんかく》が、だんだんはっきりしてくる。

……悠也。よく寝てる。

彼の腕はしっかりと私を抱きしめていた。

広いベッドにもかかわらず、密着して寝ている。窮屈《きゅうくつ》に感じることもなく私は彼の体温に包まれて、じっと悠也の顔を見る。

つき合いが長くても、こうやってじっくり見るなんてことはあまりない。ここぞとばかりに、無防備な彼の顔を堪能《たんのう》する。

どのパーツをとってもかっこいい。しかもそれぞれがベストの位置に並んでいる。

悠也を作った神様は、絶対私を作った神様よりも美意識が高かったに違いない。

美人は三日で飽きるなんて、嘘だと思う。少なくとも私には悠也の顔に飽きるなんて日は、一生こないと思う。

息をひそめてじろじろ見る。彼が眠っているときだけしかできないのでここぞとばかりに堪能する。

うらやましいなぁ。なんて思っていると、私の背中に回された彼の手に力が入りいきなり引き寄せられた。

「……んっ」

目の前には先ほどよりもドアップの悠也の顔がある。

近いというよりも、密着しているのだ。唇が！

どうやら彼はとっくに起きて、狸寝入《たぬきねい》りしていたみたいだ。

「起きてたの？」

彼は私の頭を優しい手つきで撫でる。

「涅が楽しそうにしているから、そのままにしておいた。昨日墓参りにつき合ってくれたお礼」

気まずそうに苦笑いを浮かべた悠也の頬に、私は手を触れた。

「そんなこと、気にしてたの？」

「あぁ、聞いていて楽しい話じゃないからな」

「私、笑っていられなくてもいいよ。悠也の隣にいられるなら。悠也が悩んでいるなら一緒に悩みたい。悠也が悲しいなら一緒に泣いてあげたい。それが私の望んでいること」

小さな頃、心に深い傷を負った彼はそれを引け目に思っている。生みの母親に対する負の感情がすぐになくなるわけではない。でもそれを含めての、私の好きな彼だから。

「浬、お前は本当にいい女だよ」

彼は笑みをこぼした後、私を引き寄せ額にキスをし抱きしめた。

「悠也、大好き」

彼の体が一瞬ビクッと跳ねた。

「それ、今言うの反則だろ」

「好きって言うのにルールがあるの？」

「生意気だな」

彼はそれ以上何も言わずに、私を抱きしめる腕に力を込めた。

＊＊＊

朝日が差し込む部屋をキッチンから眺める。

コポコポという音が聞こえた後、すぐにコーヒーの匂いが鼻先をくすぐった。

「自分が準備する」と言った浬を寝室に押しとどめて、代わりにキッチンに立った。

昨日かなり無理をさせた自覚はある。もう少しベッドで休ませてやりたい。

長い間、友人だと思っていた浬は、俺にとってちゃんと〝女〟だった。

いやむしろ彼女以外を、女性だと思えない。

甘い嬌声《きょうせい》を上げ、しどけなく横たわり潤んだ目で俺を見る浬を見たら、理性を保つことすら難しく……どうにかなってしまいそうだった。

これまでずっと詳細を語っていなかった生みの母のこと。

浬なら受けとめてくれるという思いと、他の人と同じように哀れみを向けられたくないという思いを交錯《こうさく》させながら、彼女に伝えた。

危惧《きぐ》していたようなことは一切なく、むしろ共感力の高い彼女が苦しそうに顔をゆがめているのを見ているのはつらかった。

でも浬には知っておいてほしかった。俺の中の弱い部分を見せないまま彼女のすべてが欲しいと思うのは違うと思うから。

すべてさらけ出したうえで、浬の〝本当に好きな男〟じゃなくて、俺を選んでほしいと思う。

浬がいなくなるかもしれない、と想像しただけで喪失感が半端なかった。彼女に対する思いが友人や優秀な秘書としてではないことくらい、すぐに気が付いた。

いや、本来ならそれですら遅いくらいだ。自分が女性と関わることを避けていたからここまで時間がかかった。

そして……知らぬ間に浬には思いを寄せる人ができていた。

こんなに近くにいたのに気が付かなかったことにショックを覚えたが、まだ運は尽きていなかった。浬曰《いわ》く叶わない恋らしい。彼女の不幸を喜ぶ自分が小さい男だと思うが、そんなことはかまっていられない。

とにかく、俺を選んでほしい。

強くそう願った瞬間、寝室の扉が開く音がした。

「悠也、大丈夫？」

心配そうに顔を覗かせた。

「コーヒーくらいは……」

そこまで言葉にした後、俺は固まってしまった。そして思わず浬をまじまじと見つめてしまう。

「あ、ごめん。服が見つからなかったから、悠也のパジャマ借りたの」

浬が身に着けているのは、俺のパジャマの上。下は今俺が身に着けている。

俺サイズだから、彼女が身に着けたらブカブカで、体をすっぽり隠してはいる。いるけれど、裾《すそ》は短く浬もそれを気にしているのかさっきからしきりに手で伸ばしている。

「や、やっぱりこれ。短いよね？」

恥ずかしそうに、小さくてかわいらしい膝をすり合わせている。

好きな女性のこの姿を見て、抱きしめずにいられる男がどこにいるというのだ。

俺はすぐに浬のもとに移動して、手を引っ張って寝室にふたたび引っ張り込んだ。

「な、なに？　コーヒーは？」

彼女は戸惑っているようだが、そんなこと気にしていられない。

「コーヒーは後で、俺は今、無性《むしょう》に浬が欲しいんだ」

返事など待たずに、彼女の唇を奪う。

「ん……待って……あっ」

最初こそ抵抗していた彼女だったけれど、なまめかしい太ももを撫でるとすぐに体の力を抜いた。

「悪いが、手加減できそうにない」

パジャマの裾から忍ばせた手を素肌の上ですべらせる。

「そんな必要ないっ……あっ」

そんなに甘い声で誘惑しないでくれ。思考回路が焼き切れそうだ。

「浬、最高にかわいい」

どこか抑えていた彼女への思いがあふれ出した。重い俺の気持ちを湮はその小さな体で受けとめる。

昨日彼女は俺を好きだと言った。たとえそれが彼女の中で二番目だったとしても——何があっても、誰が現れても、もう彼女を手放せない。自分の中の激しい感情に驚かされる朝になった。

第六章

十二月に入ると、クリスマスやお正月に向けて街中がそわそわしてくる。街を歩くだけでも心が躍る大好きな時季だ。

私も悠也とふたりで過ごすはじめてのクリスマスだとわくわくしたいのはやまやまだが、岡倉テクノソリューションズの社長である悠也にとって、年末年始は社交のシーズンである。

ゆえに四半期決算である十二月の仕事をこなしながら、様々な場所での忘年会や新年会を毎年はしごしなくてはならない。

はっきり言って激務である。

それに伴い私も、社会人になって以来、年末年始の休暇に入るまでは馬車馬のように働くのが毎年恒例となった。

今年も例年と同じく、悠也も私も息つく暇もないほど忙しくしていた。

それでも例年と違うと感じるのは、ふとしたときに感じるまなざしの優しさや、忙しい合間を縫っての短い逢瀬《おうせ》があるからだ。

一言で言って今、私は幸せである。

しかしその幸せにおちおち浸《ひた》っていられないのもまた事実であった。

キーボードの上を高速で指が走る。

夕方の会議で使う資料に変更が出た。急いで修正していると、悠也が社長室に戻ってくる。

「例のパーティーだが浬も参加して」

彼の言うパーティーとは、経団連前会長が個人的に開いているものだ。

個人的とはいえども大規模なもので、業界関係なく様々な人たちが参加する。

「はい……もちろんそのつもりですけど」

去年もおとといとしも、彼の秘書として参加していた。だから今年も当然参加するものと思ってたのだけれど。

「浬と参加したいんだ」

「あ……それって」

彼が仕事中にもかかわらず、あえて名前で呼んだその意味。

「そういうことだ。今年は秘書は伴わない」

「か、かしこまりました」

秘書らしく冷静に返事をしてみたけれど、うれしくて照れくさくて、思わず俯いてにやけてしまった。

洋服はどうしようかな。去年までは目立たないようにスーツ一択《いったく》だったけれど。今年は彼のパートナーとしての参加だから少し雰囲気を変えたい。

家に帰ったら真剣に考えよう。

とにかく今は仕事を終わらせなくては。緩んだ気持ちを切り替え仕事にはげんだ。

そして悠也のパートナーとしてのパーティーへの参加が決まってからは、私は暇さえあればネットの海を徘徊《はいかい》して、当日着ていく洋服を探していた。

いくつかいいものが見つかった。あまり派手ではないけれど、好みのワンピースだ。これで決めてしまおうかと思ったが、一度試着してみたいと思い都内の実店舗を調べているときだった。

画面が切り替わって、堂本元と表示された。兄からの電話だ。

「もしもし」

《浬、まだ起きてたか？》

「うん」

再会してから、こうやって時々電話やメッセージでやりとりをしている。お互い忙しいけれど、こういうコミュニケーションがうれしい。

《年末のパーティーに、浬のところの社長も参加するって聞いたから。一緒に浬も来るかなって思って電話したんだ》

「え、お兄ちゃんも参加するの？」

《ああ、今年はじめて招待されたんだ》

「すごい！」

経団連前会長の個人的な集まりなので、本当に懇意《こんい》にしている人しか呼ばないのだ。そこにベンチャー企業の代表の兄が呼ばれるなんて、快挙《かいきょ》と言ってもいい。きっとこれから事業もどんどん発展していくに違いない。妹として鼻が高い。

兄は昔から人を引っ張っていく力のある人だったと思い出す。

「お兄ちゃん、頑張ってるんだね」

《運もあるけどな。今年は仕事も順調だし、いい一年だった》

充実した毎日を送れていると聞いて、安心する。こうやって状況を知ることができたのも、会えるようになったのも、私にとってうれしいことだ。

「私も。お兄ちゃんに会えるの楽しみ。今ちょうど何を着て行こうかなって迷ってたんだ」

《だったら、お兄ちゃんが買ってやる。これまでプレゼントしたくてもできなかったから》

また兄の〝妹の世話をやきたい症候群〟が発動した。

「え、いいよ」

気を使わせるつもりはなかったのに。

《いいから、甘えておきなさい。お兄ちゃんからのクリスマスプレゼントだ。今週末は時間あるか？》

頭の中にスケジュールを思い浮かべる。週末、悠也は岡倉家の予定があると言っていた。会う約束はしていないので、時間は十分ある。

「大丈夫だよ。お兄ちゃんの時間に合わせる」

《ＯＫ、待ち合わせの時間と場所は後で連絡する》

「うん。楽しみにしてるね」

電話を切った後、あらためて兄の活躍を思いうれしくなる。

パーティーで時間があれば、悠也に兄を紹介できるかもしれない。

去年までは仕事ととらえていたパーティーが、私はどんどん楽しみになってきていた。

間もなく仕事納めを迎える社内は、締め切りに追われるせわしなさと、すぐそこまでやってきている休暇を前に、なんとなく落ち着きがなく年末独特の雰囲気だ。

もちろん慌ただしくはあるけれど、嫌いじゃない。

それに今年は、仕事納めの翌日にはパーティーを控えている。

先週末兄に買ってもらったワンピースは、黒地で派手ではないものの、ゴールドの刺繍《ししゅう》がふんだんに使われており華やかさもきちんと備えたものだ。

悠也はどう思うかな？

兄が褒めてくれてうれしかったけれど、やっぱり悠也に素敵だと思ってほしい。

自宅で壁にかけているワンピースを眺めては、彼の反応を楽しみにしていた。

「浬、パーティー当日の服装なんだけど」

ちょうど考えているときに、声をかけられて驚いた。

「ワンピースを着て行こうと思って。黒に金色の刺繍が入ってるの。それともスーツの方がいい？」

そういえば悠也に相談なく決めてしまった。

「いや、問題ない。もう準備したんだな。まだなら一緒に買いに行こうかと思ったんだけど」

私は申し訳なさでいっぱいになる。

「あ……ごめん。はりきって準備しちゃった」

悠也とのショッピング、行けたら楽しかっただろうな。そこまで考えて素敵なワンピースを買ってくれた兄に、胸の中で手を合わせて謝る。

「いや、いい。俺が言うのも遅かったし」

なんでも自分で決めてさっさと行動するのはいいことだと思っていたけれど、こと恋愛に関してはそうとは限らないのだと反省する。

秘書として、ずっと悠也の様子をうかがいながら仕事をしてきたのに、プライベートではてんでダメだ。

「せっかく気遣ってくれたのに、ごめんね」

兄との買い物も楽しかったが、悠也と行きたかったというのも本音だ。

「いや気にするな。これから何度だってこういうチャンスはあるから」

彼はそう言うと、自分のデスクに戻って仕事をはじめた。

パーティーもあるけれど、その他に休暇中どこかで会えたらいいな。

とはいえ旧家の、由緒《ゆいしょ》ある岡倉家では、年末年始は親戚《しんせき》の訪問なども多そうだ。オフといってもしっかり休める日はそうそうないのかもしれない。

そう考えると……私から誘うのもなぁ。

ふとそんなことを考えていると、仕事のチャットが飛んでいて現実に引き戻された。


そしてあっという間にパーティー当日がやってきた。

朝から美容院に行って、髪をセットしてもらい、兄にプレゼントしてもらったワンピースを身に着け悠也の迎えを自宅で待つ。

昨夜は緊張して眠りが浅く、結局かなり早起きしてしまった。

昨日仕事納めで少し気が抜けたのか、寝不足がたたったのか体調があまりよくない。けれどなんとしても今日のパーティーには参加しなくてはいけない。いや、私自身が、どうしても悠也のパートナーとして隣に立ちたいのだ。

きっとこのくらい、大丈夫。

だるい体を押して、栄養ドリンクを一気飲みして臨むことになった。

幸い鏡に映る自分は、きちんとヘアメイクをしたおかげか顔色の悪さも目立つことなく、いつもと変わらないように見えてほっとする。

伝えられていた時間よりも少し早く、颯爽と悠也の車がやって来てマンションの前に停まった。

私が駆け寄ると、彼は車から降りて助手席のドアを開けてくれた。プライベートのときの彼は、私を驚くほど大切にしてくれる。普段彼に尽くす立場だった私は最初こそ居心地が悪いと思うこともあったが、今は彼の好意に甘えられるようになってきている……はずだ。

自信が持てないのはこれまで悠也以外の誰も好きになったことも、つき合ったこともないから。だから何が正解なのかわからないというのが理由だ。

これまでとは違う立場での出席だ。はじめて悠也の秘書ではなくパートナーとして横に立つ。周囲の目が気にならないわけではないけれど、彼が望むのであれば私はしっかりと自分の役目を果たしたい。

車から降りてきた悠也を見て、思わず見とれてしまった。

見慣れているはずのスーツ姿なのに、ドキドキする。今日は光沢のあるブラックのスーツに白のシャツ。山吹色とゴールドが混ざったような上品な色合いのネクタイに、お揃いのチーフがポケットから顔を覗かせていた。

前に私がワンピースにゴールドの刺繍があるって言ったから、合わせてくれたんだ。

こういうさりげないけれど私を思う気遣いに、特別な存在だと言われているようでうれしくなる。

本当にこれがあの女嫌いの悠也なのだろうか。

ポテンシャルがすごすぎる。

私が喜びに打ち震えているうちに、運転席に回った彼にお礼を言う。

「迎えに来てくれてありがとう。でも去年みたいに現地集合でも良かったのに」

私は昨日が仕事納めだったが、悠也は今日も仕事のはずだ。それらを急いで終わらせて、駆けつけたのだろう。

シートに座った彼は、私の頬に手を添えて笑った。

「まだ秘書気分が抜けないみたいだな。俺の彼女は」

「そんなことないけど」

さっきは自分が変われたと思ったけれど、やっぱりこれまでに身についた習慣はなかなか抜けてはくれない。

「恋人を迎えに行くのも当然だし、着飾ったかわいい恋人を見たらキスしたくなるのも当たり前だよな」

言うや否や、かすめるようにキスされた。

「ゆ、悠也〜」

突然のことで動揺してしまう。頬に熱が集まるのを感じた。

「顔が赤いな」

「誰のせい？」

恥ずかしくてふてくされたように見せて、ごまかした。

「浬がかわいいのが悪いな。さぁ、行こう」

「もう」

からかうように言われた私は、膨れてみせたけど完全に照れ隠しだ。

悠也がくれる甘い言葉に、いつか慣れる日がくるのだろうか。

車の外を流れる風景を見ながら、必死になって手で頬をあおぎ熱を冷ましていた。

そんななか、悠也が驚くべきことを口にした。

「浬、今日はうちの両親も参加するから」

「わかった――え？」

返事をした後に、意味を理解して思わず目を丸くする。

「そんなに驚くことか？　初対面でもないだろ」

「それはそうだけど、私はどういう立ち位置でいればいいのかなって」

語尾に向かうほど声が小さくなってしまった。

私も岡倉家に関しては知識がないわけではない。その成り立ちは江戸時代までさかのぼる。先祖代々由緒ある家系だ。

その中では複雑な生い立ちの悠也だったが、今では実力で親戚の人にも認めてもらっている。

ただそれは並大抵の努力ではなかったはずだ。もともと優秀だったとしても、その生まれからいろいろと言われてきただろう。

それをすべてはねのけて〝岡倉悠也〟の存在を周囲に認めさせたのだ。

ただ岡倉家の一員と認められた今でも、行動ひとつをとってもあちこちから嘴《くちばし》を挟まれるらしく、もろもろの決定権がすべて個人にゆだねられているわけではないと聞く。

この時代になっても、結婚も仕事や一族の繁栄のためと考えている人も多いようなのだ。

そんななか去年まで秘書だった私が、彼のパートナーとして紹介されたらどう思うだろうか。

彼のご両親とは面識があるし、顔を合わせるたび声をかけてもらっている。しかしそれはあくまで秘書としてだ。

私が悠也の恋人だと知って、ご両親はどう思うだろうか。

彼と結婚を前提につき合うことになってから、ご両親と向き合うことを考えなかったわけではない。しかしまさかこんなに急にそのときが来るとは思っていなかったのだ。

「俺は、浬を大切な人だって紹介したい」

真剣な声色の悠也。彼がそう思うなら私は反対する理由がない。彼のそばにいると決めた以上、頑張るしかないのだ。たとえどんな態度を取られたとしてもだ。

「わかった」

「今日がいいチャンスだろうと思って。後日また挨拶に来いって言われるだろうけど」

「うぅ……、覚悟しておくね」

そうは言ったものの、今日失敗しないようにと祈るだけで精いっぱいだった。

もし、彼のご両親にちゃんと認めてもらえたら、できれば私の兄も紹介したい。

ただ今日のパーティーは、悠也にとっては大事な社交の場だ。今日顔を合わせ言葉を交わすことで、新しい事業が展開されることもあるし、こういった場でしか話せない相手だっている。

それを邪魔するわけにはいかない。

やっぱり私にとっては、彼の秘書であることも大事な自分の一部なのだ。パートナー役だけに徹《てっ》することはできそうにない。

あれこれ考えたせいか、頭が重くなってきた。パーティーが始まる前に薬を飲んでおいた方がいいかもしれない。

車から降りて会場に向かう。日系老舗《しにせ》ホテルのバンケットルーム前では、すでにたくさんの人が行き交っていた。

初参加でなくとも、この人の多さと出席者の豪華《ごうか》さには毎年驚いてしまう。

国内外の経済界をはじめ、政財界や芸能界、あらゆる業界の有名人が集う。一般人代表のような私が同じ空間にいることが不思議に思えるほどの面々が一堂に会するのだ。

これまでは秘書として参加していたので、どこか別世界の話のようにとらえながら仕事だと割り切っていた。けれど、今回は悠也のパートナーとして参加する。それは私がこの世界に一歩足を踏み入れるということだ。

理解していたつもりだが、実際にこの場に来ると不安に胸がドキドキする。

「浬?」

私をしっかりエスコートしてくれていた彼になんとか笑みを見せた。

「緊張してるな」

「やっぱりばれた？」

苦笑いを浮かべる私に、悠也は優しく寄り添ってくれる。

「できる限りそばにいるから心配するな。ただそう言っても気が重いだろうから……そうだな、嫌なことはさっさと終わらせるか？」

嫌なことって……？

手続きを済ませ会場に入るとすぐに、彼が周りを見渡した。

「いたな。こっち」

背の高い彼は会場の全体が見渡せるらしく、すぐに目標に向かって歩きだした。

人にぶつからないように器用に避ける悠也に手を引かれるまま、あれよあれよという間に彼の両親の前に連れ出された。

い、いきなりすぎない？

幸いご両親はまだこちらに気が付いておらず、私は悠也の手を引いて首を振った。

「覚悟する時間は十分あっただろ。いいから、ほら」

ぐいっと手を引かれ彼の隣に立たされる。

「父さん、母さん」

振り向いたご両親は、笑みを浮かべている。

「悠也、やっと来たのね。小山内さんもお久しぶりね」

悠也のお母さんに声をかけられた。

「ご無沙汰しております」

頭を下げた後、ご両親を見ると一気に緊張が高まった。

「ふたりに紹介する」

「紹介？」

ご両親は不思議な表情を浮かべた。

当たり前だ、すでに面識があるのだから。

しかし悠也は、戸惑っているご両親を気にとめることなく話を続ける。

「俺の〝彼女〟の小山内浬さん」

悠也のご両親は、ふたりとも軽く目を見開き顔を見合わせお互いに「まあまあ」「いやはや」と言った後、満面の笑みを私たちに向けてくれた。

「それはめでたい話じゃないか」

「本当よ、素敵」

一瞬でも相手が困った顔をしたらどうしようかと思っていたけれど、実際は手放しで喜んでくれた。

ほっとした私は、悠也の顔を見る。

「大丈夫だっただろ？」

得意げに言われて、私は頷いた。

「親としては悠也の先行きを心配していたんだが、これで安心だ」

お父様が悠也の腕をポンポンと叩いた。

「本当にね。今度うちに連れてきて。息子の彼女とご飯食べたいわ」

お母様は少し興奮しているようにすら見えた。ここまで受け入れられるとは想像していなかったので、うれしさとくすぐったさが胸に芽生えた。

「わかったから、とりあえず今日は報告だけ」

両親の様子に悠也は苦笑いを浮かべている。

「もっと話をしたかったけど……仕方ないわね」

遠巻きにこちらをうかがっている人たちの気配を感じる。おそらく声をかけるタイミングを見計らっているのだろう。

お父様や悠也にとっては、ここは大切な社交の場なのだ。

「じゃあ、また連絡する」

「失礼します」

軽く会釈した私を、ご両親は手を振って見送ってくれた。

程よく距離があいたところで、我慢できずに息を大きく吐いた。

「はぁ、緊張した」

深呼吸を繰り返す私を、悠也は呆れた顔で見ている。

「大丈夫だって言っただろう。向こうも俺のことを心配していただろうから、安心させられて良かったよ」

おそらく悠也本人に直接言ってはないだろうけれど、恋愛もお見合いも受け入れようとしない悠也にやきもきしていたに違いない。

「父と母にはずっと心配をかけてきたから」

突然引き取られることになった悠也も苦労しただろうが、ご両親だって様々な思いがあったはずだ。

特にお母様は、血の繋がらない悠也をどんな思いで育てたのだろうか。

うまくいくことばかりではなかっただろう。けれど悠也のお母様に対する態度を見ていて本当に大切にされていたのはわかる。お互いにそれを理解していることで、家族として成り立っているように見えた。

「さて、一仕事終わったしあとは例年通り、適当に挨拶して回るか」

「わかった。あ、あっちに泉会長がいらっしゃったし、あっちには――」

「また秘書になってる」

からかうように言われたけれど、これはもう仕方ない。

「職業病だから許して」

「俺としては大歓迎だよ。仕事ができる彼女でうれしいよ」

時々、彼女らしくできない自分にやきもきしてしまうこともある。

でも悠也はそんな不器用な部分もとがめることなく、恋人同士であることを認識させてくれる。

あのとき、悠也の提案にのって本当に良かった。

悠也の隣に立ち、にこやかに挨拶を交わす。多くの参加者の顔と名前がわかるのは彼の秘書をしていることのメリットだ。

挨拶の順番も間違えないように、そっと悠也を誘導する。

深い話になりそうなら、その場を離れてゆっくりとお話しできるようにした。

どうしてもパートナーの存在を気にするものね。

悠也が込み入った話をしているこの隙《すき》に、私は兄を探すことにした。

もう会場には来ているはずなのに、なかなか見つけられない。

せっかくだからワンピース姿を見せたかったのにな。

見つけられなくてがっかりしながら化粧直しのために会場の外に出ると、そこでやっと兄を見つけられた。

「浬」

兄も私に気が付いたようで、名前を呼びこちらにやってくる。

長い脚であっという間に目の前まで来た。

兄も悠也ほどではないが、びしっとスーツを着ているとかっこいい。女性たちの視線がちらちらこちらに向かっている。

「ごめん、たくさんの人に挨拶をしていたら浬を見つけられなくて」

「ううん、私もいろいろせわしなくしていたから」

兄も仕事で来ているのだから、それを優先するのは当たり前だ。

「そうだ。どうかな？　買ってもらったワンピース」

くるっと回ってみせる。

「さすが俺センスいいね。かわいいよ、浬」

「ありがとう――」

〝お兄ちゃん〟と続けようとしたところで、背後から名前を呼ばれる。

「浬」

振り向くと悠也が立っていた。しかしその表情を見て、私は驚くとともに不思議に思う。

「何かあったの？」

首を傾げる私を見る悠也の顔が怖い。私の言葉に彼はなんの反応も示さない。

「どうかしたの？」

同じような質問を繰り返して、やっと悠也が動きを見せた。

悠也がちらっと兄に視線を向ける。

「ワンピース、そちらの方に買ってもらったのか？」

「え、うん。そうだけど……」

どうしてそんな怖い顔しているの？

悠也はあまり人前で感情をあらわにすることがない。今日のような公の場では特にだ。

それなのに、今は不快だという気持ちを隠そうともしていない。

しかしこの変な雰囲気のままにしておくわけにはいかない。兄だって気が付くだろう。私はふたりの仲を取り持つべく、まずは兄を紹介することにした。

「紹介するね――」

「いや、必要ない。ＨＪＭＤ株式会社の堂本元社長ですね。はじめまして」

ど、どうして悠也が知っているの？

驚いたがすぐに思い出した。彼が私の部屋で兄の名前や会社をメモした紙を見ていたのを。そのときに覚えて、調べたのだろうか？

ふたりは握手をしているが、どうも悠也の表情が気になる。

「すみません。少し急ぎますので。行こう、浬」

「え、待って」

まだ兄だと紹介できていないし、何よりも一方的すぎる。

私の手を引く力も、いつもよりも強い気がする。

私は悠也についていきながら、兄を振り返る。

兄は困惑した表情を浮かべながら、手を振ってくれた。

どうやら気分を害した様子はないようで、ほっとする。後で連絡を入れておかなくては。

それよりも今は、悠也の様子が気になる。

無言で手を引いたまま、会場ではなく階段の方へ私を引っ張っていく。

ひとけのないところまでやってきて、彼はくるっと向きを変えて私を見下ろした。

「俺のパートナーとして出席しているのに、他の男と一緒にいるのはどういうつもりだ」

その声色の冷たさにびっくりして、慌てて説明しようとした。

「え、いやだってあれは……」

「言い訳はいい。ワンピースもあいつに買ってもらったんだろ」

「それはそうだけど」

どうやら今の悠也は、頭に血が上《のぼ》っているらしく、まったく聞く耳を持とうとしない。

「ねぇ、どうかしたの？」

いつもの彼じゃない。私はどうしたらいいのかわからずに、彼の様子をうかがう。

「どうかしているのは、涅じゃないのか」

じっと見つめるその目に、いつもの優しさがない。

明らかにおかしい。その理由を知りたいと思うけれど……朝からあった体の違和感が大きくなって、それどころではなくなった。

こんな大事なときに、体調が悪くなるなんて。

ちゃんと話をした方がいいのはわかっているけれど、どうにも耐えられそうにない。

このままではその場に座り込んでしまいそうだ。

「ごめん。ちょっとごめんね」

体調が悪いと言ってしまうと、悠也が心配して帰ると言いだすかもしれない。

しかしそんなことをしたら、大切なビジネスチャンスを逃してしまう可能性がある。

だから私は自身の不調を隠してその場を離れようとする。

「あの男のところに行くのか？」

どうしてそんなにこだわるのかわからないけれど、今はそれどころじゃない。

「ごめん」

私は首を振って否定した後、一言だけ言い残し急いでトイレに駆け込んだ。

なんとかトイレにたどりついて、個室に飛び込み事なきを得た。

しかし胸の気持ち悪さはすぐには治まらず動きだせない。結局そのまま個室で体調が落ち着くのを待つことにした。

どうにか体調が持ち直してくれるように、前傾姿勢《ぜんけい》で自分の体を抱きしめながら祈る。朝は体のだるさだけだったのに、今は頭痛と気持ち悪さに襲われている。

あんな立ち去り方をして、悠也はどう思っただろうか。本来なら、彼が確認するかどうかはともかく、連絡をしておいた方がいい。だが今の私はメッセージひとつ送信することすら叶わない。

なんとか頭痛に耐え、脂汗が落ち着いてきた頃、併設されているパウダールームから明るい声が聞こえてきた。

話をしている内容から、どうやら今日のパーティーの参加者のようだとわかる。

「岡倉テクノソリューションズの社長さん。以前に比べて女性に優しくない？」

悠也の話題が飛び出してきて、否応なしに反応してしまう。

「それ、噂《うわさ》で聞いていたんだけど、女性嫌いが治ったらしいわ。実際に今日見て本当だったんだって思った。狙っちゃおうかな」

そんな噂があったんだ。それにしてもその話がたまたま彼の秘書である私の耳に入るなんて、世間は狭い。

盗み聞きするのはよくないと思うが、今更出て行くのも気まずいし、もう少し落ち着くまでここにいたい。

そうなってくると、聞きたくなくても話が耳に飛び込んでくる。

「今からじゃ遅いわ。私、おじい様に彼とのお見合いをお願いしたの。先方も乗り気だったって」

私は完全にその場で固まってしまった。

〝先方が乗り気だった〟という言葉にショックを受ける。

ご両親はこの話を知っていたのだろうか。お見合いの話が今日よりも前なら、私の存在を知らないでお見合い話を受けた可能性もある。

それならば仕方のないことだ。起こってもいないことを心配するべきではない。もしかしてあんなに大歓迎してくれたのは罪悪感からだったのかもしれない。

わかっているけれど、気が滅入る話が続く。

「向こうも断れないわよ。うちのおじい様に嫌われたら、仕事がなくなっちゃうわ」

顔が確認できず、どこの誰だかわからないけれど、かなり影響力のある人のお孫さんのようだ。

「やだ、怖い」

あはは、と甲高い笑い声が頭に響く。

「でも岡倉社長はあんなに素敵なんですもの。すでに誰かとつき合っている可能性もあるんじゃない？」

「そんなこと、なんの問題もないわ。岡倉家のすべてを受け継ぐ人が、一般の相手と結婚するはずないもの。別に私は、彼が今誰とつき合っていようと関係ない。そもそも結婚と恋愛が別なのは常識だもの」

彼がお見合いなんて……そんなはずない。だって彼は私とつき合っているもの。だからたとえお見合いの話があったとしても、これまで同様断るはずだ。

そうは思うけれど、もしかしてという気持ちが捨てきれないでいる。

私と恋人としてつき合うことで、彼が女性に対する苦手意識を克服したのは事実だ。そしてその延長上に、私と一緒にいる未来があると当然思っていた。しかし彼の気が変わってしまったらどうだろうか。

これまで女性に苦手意識があったが、それを克服した今となってはなんの障害もなくなった。その結果……もっと仕事にメリットのある相手を選ぶ可能性だってあるのだ。悠也が仕事を大切にしているのは、私が一番よくわかっているから。

私たちがつき合いはじめたきっかけは、悠也にとって都合のいい私がいなくなったら困るから、というのが理由だった。仕事に役立つのが最大のメリットだった。それに加えて、他の女性たちと違い私とは普通に接することができたから。

彼は私を大切にしてくれているし、好きと言ってくれているけれど……それがこれから先も変わらないと言い切れるのだろうか。

彼にとってもっとメリットのある相手が現れたら、女性に対しての嫌悪感が薄れてきた今の状況ならその人を選ぶかもしれない。

そして私にしたのと同じように好きだと言うのかもしれない。

彼の好きは、私のような心が締め付けられるようなものではないのだ。きっと代わりのきく好きに違いない。

体調が悪いせいか、どんどんネガティブになっていく。胸がどうしようもなく苦しくなるのと同時に、頭もどんどん痛くなる。

ひとりで思い悩んでいるうちに、おしゃべりをしている声が聞こえなくなった。

身も心もぼろぼろの私は、這《ほ》う這《ほ》うの体《てい》で個室から出た。

そのままふらふらと、フロアの隅にあるソファに座ってなんとか頭の中を整理しようとするけれど、先ほどの悠也の態度と噂話に心が沈み、そしてそれに伴ってますます体調が悪くなってきた。

寒気はするのに体が熱い。目の周りが熱を持っている。さっき少しましになったと思ったけれど、やはり無理できるような状態ではない。

私は自分で自分を抱きしめて、なんとか耐えようとする。どうにか迷惑をかけないように帰宅する方法を考えようとするが、とうとう頭が朦朧《もうろう》としてきた。

「浬、どうしたんだ？」

名前を呼ばれて目だけで相手を確認する。

「お兄ちゃん……ちょっと体調が悪くて」

すぐに兄は私の隣に座って、心配そうな顔で額に手を当てた。

「熱があるな。岡倉社長を呼んでくる」

立ち上がろうとした兄の腕をつかんで引き留めた。

「やめて、いいの。今日は今商談を進めている相手がいるから、仕事の邪魔をしたくないのよ」

「だが、彼氏なんだろ」

驚いて兄を見て、ごまかす必要もないから頷く。

「だったらなおさら知らせないと」

私は首を振る。

「それより、私はいいからお兄ちゃんも戻って」

「いや、俺はもう挨拶を済ませたから、その必要ないんだ。もともと長居するつもりもないし」

そこまで話を聞いたけれど、目の前がぐらっとゆがむ。

「浬。俺につかまって、送っていってやる」

兄が背中をさすってくれている。

大丈夫だと言いたいけれど、目の前がゆがんで声を出すこともできない。

その後の私が気が付いたのは、自宅マンションの玄関で兄に背負われて鍵のありかを尋ねられたときだった。


兄は器用に私をおぶったまま靴を脱がせると「入るぞ」と声をかけて部屋に続くドアを開けた。そして奥にあるベッドに私を座らせる。

「お兄ちゃんごめんね」

「そんなつれないことを言うなよ。妹の看病ができるなんて兄冥利《みょうり》に尽きる。俺いろいろ買ってくるから、鍵預かっておくな。戻ってくるまでに着替えを済ませてベッドに横になってるように」

「うん」

ここまできたら甘えてしまおう。今の私には体力的にも気持ち的にも誰かの助けが必要だった。

しばらくして近くのコンビニのマークの入った袋を下げた兄が戻ってきた。すぐに買ってきたお水を手渡してくれた。

「桃の缶詰好きだっただろ。買ってきたから」

そう言って兄が見せた袋の中には何個も缶詰が入っている。

小さな頃に好きだったのを思い出したのかもしれないけれど、何もそんなに買ってこなくてもいいのにと、思わず笑ってしまった。

「ありがとう、お兄ちゃん」

「気にするな。たったふたりの兄妹だろ」

兄が額にジェルシートを貼ってくれた。ひんやりして気持ちいい。

自宅に帰ってきて安心したのと、兄にいろいろしてもらったので幾分《いくぶん》体調が戻ってきた。

すると気になるのは悠也のことだ。

最後変な別れ方になってしまった。なんであんなに不機嫌だったのかわからない。

早めに理由を聞いた方がいいと思い、私はスマートフォンを探した。

「お兄ちゃん、私のバッグどこ？　勝手に帰ってきちゃったから連絡しておかないと」

もしかしたらすでに、いなくなった私を心配した悠也から、連絡が入っているかもしれない。

「あぁ、それなら心配ない。もうすぐ岡倉社長がここに来るはずだから」

「え、なんで？」

たしかに悠也に連絡を取るつもりだったが、ここに来るとはどういうことだろうか？

「俺が浬の代わりに電話に出たから」

「なんでそんなことしたの？」

やっぱり悠也から電話があったようだ。でも兄がどうして代わりに対応したのだろうか。

悠也と兄の間に流れた空気が、あまりよくなかったことを思い出した。ふたりの間でどんな会話が交わされたのかわからない。

だからこそ、早く悠也に電話をしなくては。

「やっぱり電話しないと」

「いいから、いいから。ここはお兄ちゃんに任せなさい」

兄は自分の胸をドンッと叩いてニコッと笑った。しかし何を根拠に信用すればいいのだろうか。

「任せるって……」

困惑しきっていたときにピンポーンと呼び鈴が鳴った。

「来たな。浬はそこで狸寝入りして」

「どうして？」

ますます兄が何をしようとしているのかわからない。

「いいから、いいから。お兄ちゃんを信用しなさい」

そのときの兄は、昔いたずらにつき合わされたときと同じ顔をしていた。

私はもうどうにでもなれという気持ちで、布団《ふとん》を頭からかぶって兄の言う通り狸寝入りを決め込んだ。

すぐに玄関の扉が開く音がした。

「浬は？」

「浬は心配ない。よく寝ているのでお静かに」

ふたりの話し声が聞こえてドキッとした。私は布団の中で体をこわばらせて耳をそばだてる。

狭い1Kの部屋だ。ふたりは私に気遣うように玄関で話をしているようだが、こちらに会話が筒抜けだった。

「その前に、浬と呼ぶのをやめてもらいたい」

不機嫌な悠也が最初に兄に向けた言葉がそれだ。

「どうしてですか？」

なんだか少し楽しそうな兄が気になる。案《あん》の定《じょう》、悠也の声色は低くなった。

「どうしてって、堂本さんにその権利がないからですよ。浬は俺のものだ」

「彼女を自分の所有物のように言うのはいただけないな。失礼だ」

鼻で笑ってみせた兄は、悠也を煽るような言い方をした。

「なんの関係もないあなたこそ、口出しする権利はないはずだ」

「関係ないは聞き捨てならないな。洋服をプレゼントする仲ではある」

言葉の応酬《おうしゅう》が狭い玄関で繰り広げられている。悠也も兄もどうしてそんなに喧嘩《けんか》腰《ごし》なのかわからない。

止めようと思い、ベッドから出てキッチンと部屋を区切る扉の前に立つ。

しかし兄には寝たふりをしているように言われた手前……いやそうじゃなくても、私が出て行ったところで事態がうまく収まるとは思えない。

正直、今の私は無策なのだ。もしかしたらこの場を余計に混乱させるばかりかもしれない。

そう思うと、一歩踏み出すことができなかった。

「堂本さんと浬がたとえどんな関係だったとしても、浬を手放すことはできない」

「まぁ優秀な秘書だからな」

悠也は兄の言葉を間髪入れずに否定する。

「そうじゃない。他人からどう見えようが。俺は浬を愛しているんだ。たとえ彼女があなたを好きだったとしても、一方通行の思いでもいい。俺はそんな彼女のすべてを包んで愛するつもりだ」

悠也の言葉に、私はその場に立ち尽くした。

今、私を〝愛している〟って言った。聞き間違いじゃない。この耳で聞いた。

「……だそうだ。聞こえてるだろ、浬」

「……っ」

突然名前を呼ばれて驚いた。返事をする前に兄が扉を開けてしまい、私はふたりと対峙《たいじ》することになる。

「悠也……」

「浬、大丈夫なのか?」

悠也は兄を押しのけるように近付いてきて、私の顔を覗き込んできた。

「まだ顔が赤い、すぐに横になるんだ」

「そうだな、それがいい」

「堂本さんは口を出さないでください」

悠也の言葉に、兄は両手を広げて「やれやれ」という態度を示した。

私はふたりに言われるままにベッドに入る。

悠也はベッドの横に膝をついて、また私の様子をうかがっている。

「浬、なぜすぐに俺に連絡しなかった？」

「まだ商談の途中だと……思って」

「そんなものはどうだっていいだろ。なぜ俺じゃなく堂本さんを頼ったんだ？」

悠也は視線を落としながら、悲痛な顔をしている。

「体調が悪いときに、たまたま近くにいたから」

兄にも頼ろうと思ったわけではない。ただタイミングよくその場にいて、結果的にそうなっただけだ。もちろん、家まで連れて帰ってくれて看病してくれたことは感謝しているけれど、兄を選んで頼ったわけではない。

パーティーのときから、やっぱり悠也の態度がおかしい。

こういうときは冷静に返すと言い合いになってしまう。

そうならないように私は冗談めかして明るく返す。

「なんだか、悠也が嫉妬しているみたいに聞こえる」

私の言葉に「そんなはずないだろ」と呆れた顔をすると思っていた。

なのに……。

「そうだ、俺は嫉妬している。浬の気持ちを受け入れられないにもかかわらず、まだそばにいるあの男に対して」

悠也は間違いなく兄を指さしている。

「浬は堂本さんじゃなくて、俺を選んだはずだ。なのに今更どうしてあの男なんだ」

悲痛な面持ちの悠也は、何か大きな勘違いをしているように思えた。

「ちょっと待って。どうして私が〝お兄ちゃん〟を選んだってことになっているの？」

体を起こして聞いた私は、床にしゃがみ込む彼の顔を上から見つめる。

「お兄ちゃん……だと？」

自分の耳を疑うかのように悠也は、ゆっくりと兄の方を振り向いた。

「どうも。浬の兄の堂本元です」

兄はちょっとふざけたように自己紹介をしてみせた。

「お兄ちゃんって……だが苗字が違うし、そもそも一度もお兄さんがいるなんて話は聞いてなかったんだが」

彼は混乱しているようで、兄と私の顔を交互に見る。

「それは、悠也と会ったときには両親が離婚していて離れて暮らしていたし」

あの頃はすでに離婚は成立していて連絡すら取っていなかった。

「それにね、話をしてしまうと思い出しちゃうから」

悠也ほどではないけれど、私の家庭も複雑だった。大人には大人の事情があったにせよ、それを子どもながらに理解し納得するのは難しかった。

だからなるべく思い出さないようにしていたのだ。

「そうだったのか……それじゃあ、俺はお兄さんに失礼な態度を」

悠也はその場で立ち上がって兄へ頭を下げた。

「大変失礼しました。つい頭に血が上ってしまって」

「いや、いや、岡倉社長に頭を下げられたら困る」

兄は胸の前で両手を振って、恐縮している。

「いいえ、お詫びのしようもありません」

「詳しい事情はわからないけれど、どうやら浬との間に何か大きな誤解があるように思えるのですが？」

悠也が私の方を見る。私も彼を見つめ返した。

「とりあえずふたりともよく話し合って。あと浬はちゃんと体を休めて。俺はそろそろ退散するから」

「うん。お兄ちゃんありがとう」

兄だって忙しい身だ。それなのに私の看病をしたうえで、悠也とのすれ違いを解消するためにひと肌脱いでくれたのだ。

「岡倉さん、今度はゆっくり酒でも飲みましょう。小さな頃の浬の、秘密の話をたくさん暴露《ばくろ》します」

「堂本さん……今日のお詫びを兼ねて必ず」

私の何を暴露するつもりなのか気になるところだが、悠也と兄が和解したのでほっとする。

悠也と握手を交わした兄は「おだいじに」と私に声をかけて出て行った。

兄を玄関まで送った後、悠也が部屋に戻ってきた。

気まずくて、ベッドに座って黙ったまま彼を見る。

彼は私のもとに来て、膝をついた。

「ごめん、浬」

私が首を振ると、悠也は悲しそうに目をふせた。

兄がせっかくこの場を設《もう》けてくれたのだから、ちゃんと話し合いをしなくちゃいけない。

だけど……何から話したらいいのかわからない。

「横になっていなくて大丈夫なのか？」

「うん、お薬も飲んだし。少し落ち着いた。だから話をしたいの」

悠也は少し考えたが、私が横になるという条件で話を続けることを了承した。

「今回はとんだ誤解をしてしまってすまなかった」

彼は私に向かい深く頭を下げた。

「誤解が解けたならもういいの。でもどうしてそんな話になったのかを教えてほしい」

なぜ兄に嫉妬する事態になったのか知りたい。

悠也は気まずそうにしながらも、口を開いて語りはじめた。

「浬がずっと忘れられない人がいるって言っていただろ。俺はその相手の代わりに浬とつき合うことにした」

「あ……それは、そうだったね」

たしかにそうだった。ずっと好きな人がいるけれど、叶わない相手だと彼に言った。

ただそれが悠也だと言う勇気がなかった。

私が口を挟む前に彼が話を続ける。

「それでいいと思っていた。しかし最近になって、浬が他の男とつき合っているという噂を聞いたり、誰かと楽しそうに連絡を取っている様子を見て……もしかして、片思いの相手との状況が変わったのかもしれないと思うと……ずっともやもやして我慢ならなかった」

噂って、ふみちゃんが言っていた話だろうか。あの噂がまさか悠也のところにまで届いていたなんて。

「それで、兄を私の片思いの相手だと勘違いしたのね」

「あぁ。そういうことだ。こんな一方的な感情を押し付けてすまない」

彼は申し訳なさそうに目をふせて、こちらを見ようとしない。

「悠也……どうして謝るの？　私のことをそれだけ思ってくれているということなのに」

「でもそれは浬にとっては、迷惑な感情だ」

苦しそうにそう吐き出した彼を見て、申し訳ない気持ちでいっぱいになる。

「違うの、誤解なの」

「あぁ、浬が好きな人は別にいるんだろう？」

「そうだけど、違うの。私がずっとずっと好きだった相手は悠也だよ」

「え……」

彼のこんなに驚いた顔は一度も見たことがない。

信じられないとでも言うようにこちらを見て、軽く口を開いたまま固まってしまっている。

私は彼に今までの自分の気持ちを伝えるために、言葉を重ねる。

「ずっとずっと好きだった。でも悠也は女性嫌いだったし」

「浬のことはずっと平気だっただろ」

彼はなぜだと問いかけるように言葉を発した。

「それは……私は男として見られていたから平気なんだって思っていたから。だから告白なんかしたら、今の関係が壊れてしまうと思って」

悠也は私の言葉に、唖然《あぜん》としている。

「まさか……そんな、じゃあ俺は俺自身に嫉妬していたというのか？」

「そう……みたいだね」

自身で出した答えに、言葉を失ったようだ。

「あの……私からもいい？」

この際懸念《けねん》になるようなことは解決しておいた方がいい。そう思って私は自分の中のもやもやもすべて吐き出すことにした。

「あぁ。どうぞ」

我に返った彼は、居住まいを正して私の言葉を待っている。

「悠也、お見合いするの？」

彼はこれ以上ないほど怪訝そうな顔で私を見る。

「何言ってるんだ、さっきの話を聞いていたか？」

「もちろん、でも噂を聞いたの。その人たち曰く結婚と恋愛は別だって、悠也にも大きなメリットがあるって」

「浬、待て」

私は彼が止めるのも聞かずに話を続ける。

「結局、私で恋愛や女性に慣れて、他の人と結婚するのかなって。でも悠也の立場なら仕方がないのかなって。だって私と結婚するよりもずっと仕事上メリットがあるでしょう？」

「どうしてそうなる……俺は浬に気持ちを伝えたはずだ。好きだって」

彼が悲しそうに首を振った。

「そうかもしれない。でも、悠也の本当の気持ちがわからなかったから。私が秘書で辞められると困るから、私とつき合ってくれていたんでしょ?」

今は違ったとしても、当初はそうだったはずだ。だからこそ、他の人との結婚にメリットがあればそちらを取るのではないかと、想像してしまう。

「私の好きと、悠也の好きは違うってずっと思ってたから」

認識のずれがお互いの心を不安にさせていた。

私は体を起こして、彼に向き直る。

「私はずっと悠也が好きだった。みんなが呆れるほど長い時間好きだった。この気持ちを悠也は受け取ってくれる?」

はじめて全力で彼に気持ちを伝えた。長い間蓄積《ちくせき》された気持ちをぶつけた。

「もちろんだ。俺はあのとき居酒屋ではじめて浬に好きな男がいるって聞いて、もやもやした。いつか結婚して俺のそばからいなくなるって思うと、妙な焦りを感じて恋人になるって言った。ふたを開けたら夢中になっていたのは俺の方だった。柄《がら》にもなく嫉妬したりして、かっこ悪いけど……でもこれが俺なんだ。浬を心から愛している俺自身なんだ」

彼は私の手を取った。

「これからもずっと一緒にいたい。隣で俺の愛を受け取り続けてほしい」

胸が締め付けられて苦しい。

報われる恋がしたいと思っていた。その夢が今叶った。

じっと悠也を見ていたはずなのに、涙で前がよく見えない。涙を拭おうとした手を悠也が取って、そのまま強く抱きしめられた。

「長い間、俺のいたらなさのせいで、つらい思いをさせてすまない」

私は彼の中で、首を振った。

「つらいだけなら、とっくに嫌になってた。私はどんな立場でも悠也の近くにいられて幸せだったんだよ」

「浬」

私を抱きしめる手に力がこもる。

「俺は本当に長い間浬に支えられてきたんだな。それに気づかずに本当に自分勝手だった」

彼は腕を緩めると、そっと私の顔を上向かせた。

「こんな俺をずっと好きでいてくれてありがとう。これからは浬からもらった以上のものを返すと約束する」

優しく頬を撫でながら甘やかされ、私も自ら頬を寄せる。

彼の手が冷たくて気持ちいい。

「まだ熱があるな。今日は付いているから、寝て」

私は素直に頷いて、体を横にした。

そんな私に布団をかけ直すと、その下でぎゅっと手を握ってくれる。

手を握ってもらうことでこんなに安心するなんて。

私は悠也の大きな存在を感じながら、やすらぎの中眠りについた。


次に目覚めたとき、体がずいぶん楽になっていると感じた。

部屋の中は明かりが消されていたが、傍《かたわ》らに悠也がいるのがわかった。

「起きたのか？」

「うん……ずっとそこにいてくれたの？」

私が尋ねると、申し訳なさそうに前髪をかき上げた。

「あぁ。できることが何もなくて。普段偉そうにしているのに情けないな」

「そんなことないよ。そばにいてくれてありがとう。目が覚めて悠也がいてほっとし気がかりなままだったら、しっかり休むことすらできなかっただろう。

「体は大丈夫なのか？」

「うん。疲れがたまると時々なるの。一晩寝れば平気」

「そうか良かった。長いつき合いで知らないことはないと思っていたのに、次々出てくるな。これからは何かあったら言ってほしい。ちゃんと知っておきたいんだ」

彼は心からほっとした顔をして、温かい目で私を見つめた。

間もなく午前七時。

私は体を起こすとカーテンを開けた。

外の世界はちょうど夜明けだ。

冷え切った空気の中、ゆっくりと明るくなっていく世界を眺める。

「綺麗だな」

「うん。この部屋眺めがよくて気に入ってるの」

振り向くと彼もベッドに上がってきた。

私は布団を引き寄せて、ふたりでくるまった。

「なんだかなつかしいね」

「あぁ、あったな。雷がひどくて浬が涙目になったときだろう。あの日もふたりでこうやって布団にくるまって、雷の音がやむのを待ったな」

あれは夏の終わりだった。突然の雨に、うちの家に避難したのは良かったが雷鳴が激しくとどろいた。停電もして暗い部屋の中を雷の光と音が走っていた。

「あのとき悠也がいてくれて本当に心強かった。今思えばあの頃にはもう悠也のことが好きだったかも」

彼は驚いた顔をした。

「そんなに前から」

「筋金入りなんだから」

私が笑ってみせると、悠也が私を静かに見つめた。

「あの頃みたいだと思ったけど、全然違うな」

「どのあたりが？」

尋ねた私に彼がキスをした。

「純粋な少年だった俺はキスなんてしないし。こんなに胸が苦しいほど浬を愛していなかった」

「悠也……」

恥ずかしくて、一瞬下を向いた。でもどうやったってにやける顔をやめられない。

「これからもずっと、ふたりでいような」

「うん」

私たちは朝日でだんだん明るくなる部屋の中、ふたりだけで誓いのキスを交わした。

第七章

なんとか元気になった私は年末年始をできる限り悠也と過ごした。

元旦はやはり岡倉家での集まりがあるらしく、私も誘われたが勇気が出ず、結局兄と母と母の新しいパートナーとともに食事をした。

最初はぎこちなかったけれど、母の新しい夫となった人は優しい気遣いのできる人ですぐに私たちと打ち解けた。いろいろな思いがあるにせよ、みんな大人なので程良い距離を保つことができた。

気になっていた悠也のお見合いの話だけれど、以前から打診されていたようだが、私と悠也の交際を知った時点で岡倉家の方から正式にお断りをしたそうだ。悠也が私を安心させるために、ご両親に確認をしてくれた。

悠也を信じてはいたけれど、懸念事項がなくなった私は幸せな新年を過ごしていた。

そして翌日の二日。

なんと悠也に誘われ温泉旅行に出かけた。サプライズの旅行に歓喜の声を上げた私を悠也は満足そうに見て笑っていた。

箱根《はこね》までは列車で一時間と少し。

悠也の隣でおしゃべりをしているとあっという間だった。

都会を抜けてだんだんと自然が多くなってくると、わくわくも大きくなった。

「見て、あれ。富士山だ」

はじめてではないけれど、そうそう見られるものではない。窓に額をつける勢いで外の景色を見る。

「楽しいか？」

「うん、ありがとう。まさかこんなにうれしい年始になるなんて」

会えたらいいなとは思っていたけれど、忙しい彼のことだから無理は言えないと思っていた。せめて初詣《はつもうで》くらいは一緒に行ければいいなと思って、近くの神社をリサーチしたりしていた。

「せっかくつき合いはじめたのに、どこにも連れて行ってやれてないから。気になってたんだ」

彼はそう言うけれど、食事や近場でのデートは時間の許す限りしていた。彼の仕事を誰よりもわかっている私は、その時間がどれほど貴重なのかを十分理解しているつもりだ。

「結局クリスマスは食事だけになったし」

悠也は申し訳なさそうにしているけれど、私はそこまで気にしていなかった。

「食事だけじゃないでしょ。プレゼントもちゃんともらったし」

私は首元に光る一粒ダイヤモンドのペンダントトップを触る。

「そうだったな。あのときはおかしかったな」

お互いなんの相談もせずにプレゼントを用意したのだが、彼は私にネックレスを。

そして私は彼にマフラーをプレゼントした。

なぜだかふたりとも首に関連するものを贈り合うことになったのだ。

事実を知ったときは、ふたりともおかしくて声を出して笑った。好きな人にネクタイを贈ることには、「あなたに首ったけ」という意味があるなんてよく言われるけれど、さすがにそれは恥ずかしくて、マフラーにしたのは内緒の話だ。

「長く一緒にいても、飽きることないな」

悠也のその言葉が、うれしくて仕方ない。

「私もそう思ってる」

彼の膝の上に置かれたコート。それに重なるようにして置いてある、私がプレゼントしたマフラーを見ながら彼に笑みを向けた。

駅前で足湯を楽しみ、三が日だけれど観光客用に開いている店でお茶をしてから旅館に向かった。

箱根駅伝往路当日、一年で一番人が多い時期に、悠也が予約してくれた旅館は、私でも知っている高級旅館だった。しかも離れを一棟利用できるらしく、なんという贅沢だ。

ふたりで過ごすためにこんな素敵な部屋を用意してくれたなんて、思い切り飛びつきたいくらいだ。もちろん、恥ずかしいからしないけど。

私が一番興味をひかれたのは、部屋にある露天《ろてん》風呂だ。今も湯気がほわほわと立ち上っている。

「すごーい」

キョロキョロと部屋の中を見ていると、悠也はおかしそうに笑った。

「少し落ち着けよ。ゆっくりするために来たのに」

「それはそうかもしれないけど、じっとしてたらもったいない気がして」

せっかくなので、少しの時間も無駄にしたくない。

「浬」

悠也が私の手を引いてソファに座った。そのままぽふんと彼の膝に収まる。

「やっとふたりきりになったんだ。少しおとなしくして」

彼の手が腰に巻き付いた。膝の上だなんて子どもじゃあるまいし……漫画や恋愛小説を読んでいてそう思っていたのに、自分がされる立場になると恥ずかしいけれど密着できてうれしい。

「重くない？」

「全然。小学生のときから変わってないだろ」

「そんなことはないけど、悠也が大きくなったからじゃないの？」

「そうか？」

他愛《たあい》ない話をしながら、声を上げて笑う。

「再会したとき、私はよく悠也に気が付いたと思う」

「たしかに、苗字も違ったのに、すごいな。俺なんか名前を言われるまで浬だって気が付かなかったのに」

絶対に覚えているはずだと思って話しかけに行ったのに、虫けらを見るみたいなものすごく冷たい態度を取られたのを思い出した。

「そうだよ。ひどい！　って思った」

「仕方ないだろ。男だと思っていたのに、急に綺麗な女の子になって目の前に現れたら、誰だってビビる」

「綺麗って、今更？　お世辞で許してもらおうとしてない？」

私が半目で睨むと、悠也はおかしそうに笑う。

「綺麗になってたから、全然わからなかったんだ。それに今は、かわいくて仕方ない。ずっと俺なりに大切にしてきたつもりだったけど、気持ちってどんどんグレードアップするんだな」

彼が私の髪を優しく手で梳《す》きながら、しみじみと言う。

「だったら私の愛はすごく重いかも。どんどん増えていってるから」

「覚悟はできてるさ。受けて立つ」

軽く睨み合った後に、お互いをくすぐり合う。

これも小学生の頃にやっていた遊びだ。

「あっはは、あの頃と全然変わってないね」

「そうだな。浬は昔からくすぐりに弱かったよな」

「今は結構我慢できるんだから」

さっきだって、先に悠也が降参した。

「本当だな？　じゃあ試させてもらおうか」

彼はニヤッと笑った後、私のニットの裾から手を入れて、背中を下から上に指を使って撫で上げた。

「あっ……待って。ずるい」

抗議をしたけれど、彼は私の耳元に唇を寄せ、息を吹きかけた。

途端に体の力が抜ける。それを確認した彼は耳に舌を這わせた。

ぞくぞくとした感覚が体を駆け巡り、身震いする。

「ほら、やっぱり浬はくすぐったいのに弱い」

笑っているが、目の奥には普段とは違う熱がこもっている。

その熱が私の体を熱くさせた。

「声出さないで、我慢して」

ニットの下で、彼の手がフェザータッチで素肌をすべる。

容赦《ようしゃ》ない攻撃に私は声を出さないように必死になって口元に手を持っていき、なんとか声を耐えようとする。

でも、すぐに我慢できなくなってくぐもった声が出る。

「かわいい。浬、もっと啼かせたい」

宣言した彼は、私を抱き上げると隣の部屋の大きなベッドに私を横たえた。

「我慢できなかった、俺の負けだな」

負けた人は、そんな不敵な笑いを浮かべないと思う。

そう言いたかったけれど、彼に唇を奪われた私はその後嬌声を上げることしかできなかった。


結局食事の時間まで、ふたりで部屋にこもった私たちは、豪華な食事を楽しんだ後、旅館近くの神社に初詣に向かった。

夜遅かったけれど、近所の人や私たちのように観光に来た人たちでにぎわっていた。

少し並んでお参りを済ませた後、お揃いのお守りを買った。

「浬は何をお願いしたいんだ？」

「悠也と今年ももっと仲良くなりますようにって」

「それなら、わざわざ神様に頼まなくても叶うだろ。俺も同じ願い事したから」

お互い見つめ合って、笑い合いながら旅館への道を白い息を吐きながら戻った。

旅館に戻ると、あったかい甘酒が配られていた。

何もかも完璧な一日だ。

そう思って部屋に戻った私は、ここにきて悠也と押し問答をすることになる。

そしてその結果――。

「浬、まだか？」

「ちょっと、待ってって！」

私が悠也の声かけに、なぜこんなに焦っているかというと――。

事のはじまりは旅館に戻ってきてから、甘酒を飲み部屋に戻ったときにさかのぼる。

初詣で冷えた体をあったためようと、お風呂に入ることにした。部屋にある立派な露天風呂の出番だ。

ここまではふたりの意見は一致していた。

そこで問題になったのはどちらが先に入るか、あるいは……一緒に入るかだ。

悠也は絶対に一緒に入ると言って聞かなかった。その方が効率的だとか、お互い風邪を引いてしまうとかもっともらしいことを言っていた。

いつもなら言い負かされてしまう私も、さすがに一緒にお風呂となると簡単に負けを認められない。

お互い睨み合い、一歩も譲らず。

そして結局一番フェアなじゃんけんをすることになって……結果私が負けてしまっ

たのだ。

そして矢継《やつ》ぎ早《ばや》の催促。

「まだー？」

「ちょっと待って」

先に服を脱ぎ捨ててしまった悠也は、すでに露天風呂に浸《つ》かっている。ガラス越しに気持ちよさそうにしている姿が目に入る。

しかし私はなんとか彼の視界から体を隠す方法がないかいろいろと考えていた。

「まだなのか？」

「今、行くから」

催促の間隔が短くなってきている。ここはもう覚悟を決めるしかない。

私はバスタオルを体に巻き付けて、露天風呂に向かった。

「遅い」

「ごめんね。ごめんついでに十秒目をつむってくれない？」

「今更そこまで恥ずかしがらなくても」

「いいから、お願いね」

呆れた様子の悠也だったが、わりと素直に従ってくれた。

明るいところで見られるのは、どうしたって恥ずかしい。

「十、九、八……」

彼が目をつむってカウントダウンをはじめると、私は急いで体を流して湯船に浸かった。

湯の中であれば丸見えになることはないだろう、というささやかな抵抗だ。

「もういいよ」

私がOKを出すのと、彼がカウントダウンを終えたのはほぼ同じだった。

しかし彼は私を見てすぐに不満を漏らす。

「どうしてそんなに、離れてるんだ」

そう言いながら私の隣まで移動してきた。

「な、なんとなく？」

「それじゃ一緒に入る意味ないだろ」

彼は私の隣でリラックスした様子で、浴槽《よくそう》のへりにもたれかかって空を見上げた。

「綺麗だな」

「ほんとだ」

満天とまではいかないが、空気が澄んでいるので星がよく見える。

しばらくふたりで星を眺めていたら、急に悠也が何かを思い出したかのように笑いだした。

「何？」

どうして笑っているのかが気になる。私が体を向けて聞くと彼は笑いながら教えてくれた。

「いや……浬ってさ。ここぞってときのじゃんけん。必ずチョキ出すの、気が付いてる？」

「本当に!?」

「本当だ。今日もそうだっただろ？　小学生のときからずっとそうだった」

耐えきれなくなったのか、クスクスと声を上げて笑いだした。

「じゃあさっきのもズルじゃない」

私がチョキを出すって、わかっていたのならインチキだ。

「人聞きが悪いぞ。浬のことを熟知《じゅくち》してるだけだから問題ない」

開き直って、悪びれる様子もない。

「次からは絶対チョキ出さないから」

私が宣言すると、彼は楽しそうに笑った。

「いいのか？　わざと負けてやろうと思ってたのに」

「本当に？」

「さてどうだろうな」

からかうように笑う彼に、肩をぶつけながら私も笑った。

ひとしきり笑った後、彼は私の肩に手を回して抱き寄せた。

冷たい風と少し熱めのお湯に心地よさを感じながら、ふたりで飽きることなく星を見続けた。

危うくのぼせそうになるくらい、温泉を堪能した後、浴衣《ゆかた》に着替え部屋に戻ると、部屋のテーブルにワインボトルが置かれていた。

「せっかくだし飲もうか？」

「うれしい」

テーブルの上にはシャンパンの他にお花とチョコレートとフルーツがあった。悠也が手配してくれたものだ。

私が座ると彼はソムリエさながら、美しい手つきでシャンパンをグラスに注いでくれる。

グラスの中でシュワシュワはじける泡が美しい。彼がそこにイチゴを落とした。

「かわいい」

「喜んでくれて良かった。乾杯」

グラスをかかげて一口飲む。さっぱりとした口当たりでおいしい。のどが渇いていたのでいくらでも飲めそうだ。

「はぁ、私すごく幸せ」

彼とふたりであちこち出かけて、おいしいものを食べて、恥ずかしかったけれど一緒にお風呂も入った。

「プライベートで一日中一緒にいられるって、こんなに楽しいんだね」

「そうだな」

彼は柔らかい笑みを浮かべて、こちらを見ている。

優しいまなざしを向けられると、ドキドキしてしまう。

胸がくすぐったくて、自然と笑みが漏れる。

「なぁ、浬」

「ん？」

私はグラスに口をつけながら、横目で彼を見る。

「手出して」

「はい」

私は彼のそばにある左手を、特に何も考えることなく言われるまま差し出した。

すると彼がどこからか指輪を取り出し、私の薬指にはめた。

部屋の明かりに反射して、きらりと輝くダイヤモンドに目を奪われる。シンプルなデザインだけど、だからこそダイヤモンドの素晴らしさが際立っている。

「え……これって」

驚いた私はまじまじと悠也の顔を見る。

彼は私の手を握ったまま、真剣なまなざしで言った。

「俺たち、結婚しよう」

「ゆ、悠也？」

突然のプロポーズに頭が真っ白で、うまく反応できない。

「これまで遠回りしすぎた。もちろん無駄な時間なんて一秒もなかったけど。これからはふたりで過ごす幸せな時間を増やしていきたい。浬はどう思う？」

驚きすぎて言葉が出ない私に、返事をしやすいように聞いてくれた。やっと頭が整理できて返事をする。

「私もふたりがいい。ふたりで幸せになりたい」

指輪のはまった手を、彼の大きな手のひらが包む。

薬指の指輪の感覚と彼の手のひらから伝わってくる私への思いに、胸がいっぱいになる。

「ゆ、悠也」

目頭《めがしら》が熱くなる。今日はどうやっても涙を我慢できそうにない。

「私すごく幸せ」

うれしいから笑ってみせたいのに、涙が止まらない。

彼の指が、私の頬に流れる涙を優しく拭ってくれる。

「もっと……幸せになろうな」

今度は彼の優しい唇が、頬に流れる涙を舐めとった後、唇にそっと触れるだけのキスをした。お互いの気持ちを伝え合うそんなキスだった。

お互い笑い合った後、引き寄せられた私は彼の腕の中で幸せをかみしめた。

年末年始でふたりの仲が急激に進展した。

去年の今頃はただの秘書だった私が、悠也の恋人になり、そして婚約者になった。

なんという大出世だ。こっそり婚約を報告した英美理は「快挙じゃない！」と喜んでくれた。

今年は年始から素敵な一年になりそうだと思っていた矢先。

私は一本の電話に慌てることになる。

悠也は午後の会議に出ている。この間にスケジュールの調整や、出張の手配をする。慣れていてもミスしないように細心《さいしん》の注意を払いながら仕事を進めていた。

合間に頼まれていた資料の作成をこなしつつ、秘書課の面々と重役同士の業務のすり合わせをしていたら、時間なんていくらあっても足りない。

そんななか社長室に一本の電話が入る。

悠也のお父様が仕事中に倒れたという連絡だった——。


連絡を受けた日の週末。私は悠也とふたりで、お父様のお見舞いに都内の病院にやってきていた。

お花を手に特別室のドアをノックすると、中から「はい」と返事があった。

「こんにちは」

声をかけると、お父様はにっこりと笑っていた。

「小山内さん、来てくれたのか。ありがとう」

照れたように頭を掻いている。声色は明るくしっかりしているので、まずは安心した。

「ごめんなさいね。お休みの日にわざわざ」

ベッドの傍らにいるお母様もそこまで気落ちしている様子もなく、ほっとする。

「こちらお見舞いです」

お花とお菓子を渡した。

「あら、これお父さんが好きな最中《もなか》じゃない。良かったわね」

「気を使わせたね」

「いいえ。それよりお元気そうでほっとしました」

電話を受けて、すぐに悠也は会議を中断して病院に向かった。

彼から命に別状《べつじょう》はないと聞いていたものの、心配していたのだ。

「みんな大袈裟なんだよ」

お父様が困ったように笑っているが、それを見てお母様が眉根を寄せた。

「大袈裟なんかじゃないわ。これからは少しゆっくりなさってください」

「母さんの言う通りです。この機会にちゃんと検査するべきだ」

お父様は妻と息子のふたりに言われて形無《かたな》しの様子だ。

三人を見て、岡倉家の様子が伝わってくる。

つらかった時期の悠也を知っているので、彼がこのふたりに育てられて良かったと心から思えた。

離れ離れになったときは本当に悲しかったけれど、ご両親を見ていると引き取られた後、悠也の居場所が家にもちゃんとあったと思ってほっとした。

あの頃は家に帰ることすら、禁じられていたのだから。

いつの間にか悠也とお父様は、仕事の話をはじめている。

「ねぇ、小山内さん。お父さんたち話が長そうだから、下でお茶でもしない?」

「はい」

お母様に誘われるまま、席を立つ。

「すまないな、浬」

きっといろいろ話し合わなくてはいけないことがあるのだろう。

申し訳なさそうな悠也に、大丈夫だと笑ってみせた。

「ううん、行ってくるね」

お母様とふたりきりは緊張するけど、せっかく誘ってもらったので、連れ立って病室を出た。

病院の中のカフェはシアトル系のチェーン店だ。

お母様にははじめての経験だったらしく、説明をしながら一緒に注文をすると、少女のように喜んでいた。

コーヒーにホイップとキャラメルソースをたっぷり載せ、ついでにマフィンも頼んですごく満足そうにしていた。

「はぁ、楽しいわ。主人とはこういうお店に来ないし、息子は仕事ばっかりだし。つき合ってくださってありがとう」

「いいえ、このあたりは私の得意分野なのでいつでもお供します」

気を使ってくれているのだろうけれど、こうやってコミュニケーションを取ろうとしてくれていること自体がうれしい。

もっと気難しく保守的な方かと思っていたので、社交的でバイタリティのあるお母様で本当に助かった。

私たちは外が眺められる窓辺に向かい合って座った。

「お父様、大事に至らなくて良かったですね」

「そうね。ただもう歳だから……いろいろ考えないとね」

寂しそうに笑う姿からして、何かしら問題があるのかもしれない。

「しんみりしちゃったわね、ごめんなさい。それより悠也とはどう？　ちらっと話は聞いたんだけど」

「はい……先日プロポーズをお受けしました」

「ふふふ、おめでとう。うれしいわ」

「ありがとうございます」

ご両親に実際にお会いするまでは、こんなふうに歓迎してもらえない可能性もあると思っていた。温かく受け入れられて心からほっとしている。

先日のパーティーで言っている人もいたけれど、岡倉家くらいの名門の家になると結婚も必ずしも本人の希望が通るとは限らない。

だがご両親とも、悠也と私の交際も結婚も、快《こころよ》く受け入れてくれている。これはとても幸せなことだ。

できるなら、周囲に祝福されて結婚したいから。

幸せをかみしめながら、カフェラテを飲む。

「ところで小山内さん……なんだか他人行儀ね。浬さん、ってお呼びしてもいいかしら？」

「はい、もちろんです」

歩み寄ってくれる姿勢がうれしくて、ふたつ返事でOKする。

しかしお母様の次の言葉に、一瞬固まってしまった。

「浬さん、結婚後お仕事はいつまで続けるの？」

「え……」

仕事は当たり前のように続けるつもりだった私からしたら、その言葉はまさに青天《せいてん》の霹靂《へきれき》だった。

「結婚するなら、お仕事は辞めなきゃいけないでしょう。でも引き継ぎもあるからすぐってわけにはいかないでしょうね。悠也は気難しいから、次の秘書の人は大変ね」

「そ、そうですね」

「そういう話は悠也からは聞いていないの？　あの子ったら浮かれているのね」

ふふふと笑う顔からは、悪気などは一切感じられない。

だからお母様にとっては仕事を辞めるというのは当然のことなのだろう。続けるという選択肢はないようだ。

とりあえず笑みを浮かべて話を合わせておいたが、衝撃は癒《い》えないままだった。

悠也と結婚することで、岡倉家の一員となるということは漠然《ばくぜん》と理解していたつもりだった。

妻の役目に加え嫁としての役割もあるだろう。しかしそれを秘書を辞めるほどだとは思っていなかったのだ。

悠也は秘書としての私を必要としてくれている。しかし妻という立場になるなら、それを手放さなくてはいけないのだろうか。

悠也とこうなるまでは、そばにいるのがつらくて秘書を辞める決意をしたけれど、彼と生涯をともにすると誓った今は、秘書も当然続けるものだと思っていたのに。

そばにいられるなら、それだけでもいいと思わないといけないの？

「正直悠也が何もできないお嬢様を選ばなくてほっとしてるの」

お母様はショックを受けている私に気づかずに、話を続ける。

「最初は『こんなにやることがあるの？』ってその量に驚くでしょうけど、悠也の秘書をこなしていた浬さんなら大丈夫よ。それに私もしっかりとサポートしますから。家の管理なんて――と思われるでしょうけど、それがなかなか大変なのよ。あっ……結婚前にこんな話されたら嫌よね。ごめんなさい。水を差すつもりはないの、本当よ」

途中で私が難しい顔をしているのに気が付いたお母様が、焦ったようにフォローしはじめた。

「いいえ、教えていただいてありがとうございます」

お母様に気を使わせてしまった。私は笑みを浮かべて気にしていないふりをする。

それからの私はお母様の話に頷いたり、短く返事をしたりするのが精いっぱいで会話の内容がちゃんと頭の中に入ってこなかった。

悠也との結婚がうれしくて、大事なことは何も考えていなかったことに気が付いた。

お母様の口ぶりでは、岡倉家の妻というのは、なかなかに大変らしい。専業主婦というのは名ばかりで、奥様同士のつき合いやボランティア、財産管理など弁護士や税理士と相談しながら家のことを取り仕切らなくてはならないようだ。

資産管理なんて……できるのだろうか。

それよりも何よりも、悠也の秘書としての自分がいなくなってしまうという現実を受け入れられない。

自分の人生を見つめ直すと決め、別の人との結婚を考えようとしたときには秘書を辞めることも仕方のないことだと思っていた。

それは叶わない恋をあきらめるためには、悠也の近くにいられないと思ったからだ。

しかし彼と結婚をするなら秘書を辞める必要なんてない。

理由があったにしろ、一度は辞めてしまおうと思った。そのときは仕事上で彼を支えられなくなることが、こんなにもつらいとは思わなかった。

結婚しても当たり前のように、悠也の秘書を続けるつもりだった。

それは私が、本当の悠也の立場――岡倉家の後継ぎだということを十分理解できていなかったということだ。

好きな人と一緒にいたい。それだけなのに……。

それまでおいしいと思っていたカフェラテを、なんとも味気なく感じながら、その場を取《と》り繕《つくろ》うための笑みを浮かべ続けた。


お父様の容体《ようだい》は安定していて、検査の結果いくつか問題が見つかったものの、長期的に見て対処する方針に決まったようだ。

すぐに退院した後、何日か自宅で療養して仕事にも復帰されたようだ。

しかしお父様の健康上の不安が明るみに出て、岡倉家では様々な話し合いがされるようになった。

もちろん後継者についてだ。

悠也も何度も岡倉家の親戚筋にあたる重鎮《じゅうちん》の方から呼び出されていた。

岡倉家の中心事業である岡倉貿易を誰が継ぐのかなどの話し合いは難航《なんこう》しているようだ。

本来の仕事をしながら、今後のことに頭を悩ませているようで最近はずっと難しい顔をしていた。

悠也の帰りを彼の部屋で待つ。

ふとした瞬間に疲れた顔をする彼のために、料理を作るつもりだ。

おにぎりをリクエストされたが、それだけでは健康が心配だ。

ただでさえ接待以外では食事を抜きがちなのに。私が料理するときぐらいはバランスの良い食事をとらせてあげたい。

彼のためにあれこれしてあげることが、私は楽しかった。

それは仕事でも同じだ。

野菜を切りながら、先日お母様がおっしゃっていたことを考える。

私にとって彼の秘書であることは、自分のアイデンティティのようなものだ。

一度は辞めようと思ったけれど、それでも今やっぱりこの仕事が好きだと言える。

それに悠也は気難しく相性がいい相手を探すのはかなり時間がかかることから、後任を探すのは至難《しなん》の業《わざ》だろう。

かといって、秘書なしで悠也自身が管理できるかというと、仕事の量が膨大《ぼうだい》すぎてそれこそ彼が倒れてしまう。

まさに八方ふさがりだ。

ぐつぐつと煮込む鍋の中身を見つめ考える。

結婚と仕事。両立している人はたくさんいる。

しかし岡倉家に嫁ぐということは、すなわち岡倉の家を悠也とともに背負うということだ。

悠也との家庭だけを大切にすればいいわけではない。

だからといって、今まで人生をかけてやってきた秘書の仕事をあきらめたくもないのだ。

わがままだってわかっている。でもどちらを取ることもできない。

「り……浬」

名前を呼ばれてハッと顔を上げた。するとそこには心配そうに私の顔を覗き込む悠也の姿があった。いつの間に帰ってきたんだろう。

「浬、どうかしたのか？　ずっと声をかけていたのに」

「ごめん。ちょっと考え事してたの」

「そんなに思い詰めるほど、何を悩んでいるんだ？」

彼が私の頬に手を添え、様子をうかがっている。

「えっと……いつ秘書辞めようかなって」

もっと順を追って話をするべきなのに、頭がうまく働いていなくて彼を驚かせてしまう。

「どういう意味だ？」

悠也の顔が一瞬にしてこわばった。

「ち、違うの。あの、その」

問い詰められて余計にうまく話せない。悠也はそんな私を見て畳みかけてくる。

「辞めたくなるようなことがあったか？」

そうじゃないと首を振って否定する。

真剣に聞かれて、どう説明すべきか悩む。

「悠也と結婚するなら辞めなきゃダメでしょう」

「どうして？」

「どうしてって……」

「母から何か聞いたのか？」

告げ口みたいになってしまったが、ここで頷かないと話が進まない。

「岡倉家に嫁ぐなら、悠也の妻としての仕事があるからって。私悠也と結婚することがどういうことかってちゃんとわかってなかったの」

顔を俯けて、頭の中を整理しながら言葉を選んで伝えた。

「浬は秘書を辞めたい？」

すぐに私は頭を左右に振った。

「辞めたくない。できれば仕事でも悠也を支えたいと思ってる。でも――」

「それなら問題ない」

「え？」

散々《さんざん》悩んでいたのに、悠也はあっさりと辞める必要はないと断言した。

「浬は知らないだろうけど、働いている浬はかっこいいんだ。俺が惚《ほ》れるくらいに」

突然何を言いだしたのかと顔を上げて彼を見る。私を見つめるまなざしは優しいままだ。

「俺たちの結婚は、浬が輝ける場所を手放す理由にはならないだろ」

彼の言いたいことはわかる。

でもそれでは妻としての私はどうなるのだ。

「でもそれじゃあ、私は岡倉家では役立たずじゃない」

「そんなことはないさ。俺と結婚するだけで大歓迎されているのを忘れたのか？」

それはそうだが、あくまでご両親だけの話だ。他の人がどう言うかわからない。不安は拭いきれない。

「俺が浬を守る。約束するから、結婚することで何かをあきらめるなんてしないでほしい。浬は浬のままで俺の隣にいてほしいんだ」

「悠也」

彼の私に対する気持ちが痛いくらい伝わってきた。

結婚するにあたって、私を守るための覚悟を聞いた。

自分らしくあっていい。当たり前のことだが、難しいことだ。でも彼は私がそうあれるように努力してくれる。

「ありがとう、悠也」

愛されてるってこういうことなんだ。

私の人生そのものを一緒に背負ってくれる。

彼の首に腕を回し抱き着いた私を、彼はしっかりと抱きしめてくれた。

「これから先いろんなことがあるだろう。場合によっては、秘書を辞める日が来るかもしれない」

私は無言で彼の腕の中で頷く。

「でもそれはきっと、浬が別の輝ける場所を見つけたときだ。今じゃない」

そこまで私のことを考えてくれていたなんて。胸がジンと熱くなる。

「何か立ち止まらなくちゃならないときは、必ず俺がそばにいるからひとりでは悩まないで」

「うん……わかった」

「いい子だな」

私は彼に子どものように体を預けた。私が選んだ人が悠也で良かった。そう心から思えた。


三月の、春とは名ばかりの寒い日。

その日私は悠也とともに、岡倉家を訪問していた。結婚の許しを得て、お父様に婚姻届の証人の欄《らん》にサインをもらうためだ。

「ふたりともいらっしゃい」

玄関ではお母様が出迎えてくれた。

「母さん、こんなところで待ち構えていたら浬が驚くよ」

悠也の呆れた物言いにも、お母様はまったく気にする様子がない。

そんなふたりの様子を見て、このふたりは血の繋がりがなくても、本当に親子なのだと思う。

「本当に楽しみにしていたのよ。さぁ、中に入って。寒かったでしょう」

「おじゃまいたします」

頭を下げた私にお母様はにっこりとほほ笑み「どうぞ」ともう一度、中に入るように促してくれた。

応接室にはすでにお父様がいらっしゃった。難しそうな顔で何かしらの資料を読んでいる。

「あなた、またお仕事なさってるの？」

お母様の呆れた様子から、どうやら倒れた後もこうやって自宅に仕事を持ち帰っているようだ。

「少しだけだよ。浬さん、いらっしゃい」

「失礼いたします。お父様お加減はいかがですか？」

ここ最近は元気に過ごしていると聞いていたが、仕事に復帰して忙しくされているので心配だ。

「この通りだよ。妻が心配性で困る」

「あら、当たり前でしょう。あなたにはまだまだ長生きしてもらわないと」

お母様がお手伝いさんが持ってきたワゴンを受け取った。

「あの、私が――」

「いいのよ。ほら、ふたりとも座って。あの人朝からずっとそわそわしてるの」

ちらっとお父様の方を見ながら、小声で教えてくれた。

悠也がお父様の向かいのソファに座ったので、私も軽く頭を下げて隣に座った。

私たちが席に着くと、お母様が全員の前に紅茶と一口サイズのタルトを置いてくれた。

お父様がすぐに手をつけて、私が食べるタイミングを逃さないようにしてくれる。

「いただきます」

紅茶を一口いただく。

緊張していたせいで思ったよりものどが渇いていたようだ。おいしい紅茶でほっと一息つけた。

「父さん、母さん。今日はお願いがあって来たんだ。これにサインをしてほしい」

悠也が差し出した婚姻届をお父様は手に取ると中を確認した。

「ふたりで決めたんだろう。喜んでサインさせてもらうよ」

お母様が万年筆をお父様に差し出した。受け取ったお父様は戸惑うことなくサインをしようとした。

「その前に、ふたりに話しておきたいことがある」

お父様は、手を止めて顔を上げて私たちを見た。

「浬の仕事についてだ」

悠也は私の方に顔を向けたので、ゆっくりと頷いてから口を開いた。

「先日お母様と話をしていて、岡倉の家を守っていくのがどれほど大変なのかというのを聞きました」

お父様は万年筆を置いて、私の話に耳を傾けてくれる。

「未熟な私なので、仕事を辞めて家庭にしっかり向き合った方がいい。そう思いますが悠也さんの秘書として働きたいと思う気持ちも捨てきれないのです」

まぎれもない、今の自分の素直な気持ちを、わかってもらいたい。お母様からは仕事は辞めた方がいいとアドバイスを受けた。それを裏切る形になってしまうけれど。

「俺も浬には、できる限りそばにいてほしいと思う。妻としてはもちろん、秘書としても彼女以上の人物はいないから」

ふたりで話し合った結果をご両親に伝えた。

どういう反応があるか緊張して待つ。

「わかった。ふたりの好きなようにしなさい。家のことは徐々に引き継いでいけばいい。私も母さんもまだまだ現役だ、困ったことがあれば相談しなさい」

お父様の言葉に、お母様も頷いている。

「ありがとうございます」

頭を下げた私は、胸のつかえがとれて隣に座る悠也にほほ笑みかける。

お母様が申し訳なさそうに、私に声をかけた。

「私が大袈裟に言ってしまったの。自分がすごく大変だったから、お仕事を続けていたら難しいかなって。勝手に判断してごめんなさい」

お母様は申し訳なさそうに肩を落としている。

「謝らないでください。話してくれてありがたかったです。おかげで結婚についてより深く考えるきっかけになりました」

「浬には事前に説明していなかった俺も悪かった。母さんの苦労も知っていたのに」

悠也がいたわるような視線を私に向けている。

「ふたりがどんな家庭を築くのか、楽しみにしているよ」

お父様は笑顔で承認の欄にサインをしてくれ、お母様はその隣で穏やかな笑みを浮かべていた。

応接室を出た悠也は、どんどん廊下を歩いて行く。

「どこに行くの？」

私の手を引いた彼が、今度はさっさと玄関に向かう。

「もちろん、区役所」

「でも今日は休日だから、受付してないんじゃないの？」

「婚姻届は三百六十五日二十四時間受付してもらえる。素晴らしいな」

私の手を繋いで歩く彼はすごくうれしそうで、それを見た私の中も幸せで満ちる。

岡倉邸から徒歩で十分ほどにある区役所に届け出る。

職員の方が書類を精査している間、なんだか妙にドキドキした。

「結構です。おめでとうございます」

書類から顔を上げた職員さんの笑みに、胸がくすぐったくなって、悠也とふたりで
「ありがとうございます」と弾んだ声で返した。

午後になって暖かい陽射しの中、遊歩道をふたりで寄り添って歩く。

なんだか帰りがたくて、寒さも和《やわ》らいだのでふらりと公園に寄って、ベンチに座った。

「そうだ。これ」

悠也が思い出したかのように、ポケットから一枚の写真を取り出した。

「これ、私の写真？」

「あぁ、昔、浬のお母さんが撮《と》って俺に一枚渡してくれた」

背景が我が家だった。特別な日ではなく、母がなんとなく気まぐれに撮った写真だろう。しかし私も悠也もはじけそうな笑みでこちらを見ている。

この写真は、私も見覚えがあった。

「私のアルバムにも挟んであるよ。悠也もまだ大切に持っていてくれたんだね」

私の中で色あせない思い出が、彼の中でもそうだったことがうれしい。

「あぁ。俺が人生で最初に親友だと思った相手だから」

「ありがとう」

自分が彼にとって特別な存在だと、あらためて言われると感動で胸が熱くなる。

「それに、人生で最初に女性として好きになったのも、結婚したいと思ったのも浬だ」

彼のパートナーと認められて、今度は胸がドキドキする。

悠也から私はいろいろな感情をもらっているのだ。

「思い返せば、俺の人生のかなりの時間を浬と過ごしているんだな」

私も同じことを考えていた。

「そろそろ飽きそう?」

首を傾げて聞いてみた。

「まさか、浬と過ごすのに飽きるなんてこと想像もできない」

「私も。悠也がいない人生なんて考えられない」

顔を見合わせて、笑い合う。

「似たもの夫婦になるな、俺たち」

「そうだね」

友達として出会ってお互いの寂しさを埋め合った。

上司と秘書となり、お互いを認めて戦友になった。

そして私たちは、今日夫婦になった。

ふと顔を上げると桜の木が目に入った。寒さの中、小さなつぼみを見つける。

「悠也、あれ見て」

「あぁ、もう春が来るな」

希望の詰まった小さなつぼみが、まるで私たちの未来を表しているようだった。

「浬、もっと幸せになろうな」

彼が私の頬に唇を寄せながら、そう呟いた。
悠也のキスを頬に受けた世界一幸せな私は、写真の中の私に教えてあげた。
あなたの初恋は無事に実るから、だからあきらめないで――って。

END

あとがき

はじめましての方も、お久しぶりの方も。本作を手に取っていただきありがとうございます。

今回、おそらくはじめて〝女性嫌い〟のヒーローを書かせていただきました。いい塩梅《あんばい》がなかなか難しかったですが、満足いく仕上がりになりました。

また幼馴染カップルということで、ポンポンと交わす会話のラリーが書いていて楽しかったです。

また英美理や陸もお気に入りのキャラクターなので、またいつかどこかで登場できないかなと思いながら書きました。

みなさんは学生時代の思い出のお店はありますか？　執筆しながら、あの店まだあるかな～と調べてみたりしてかなり時間をロスしましたが、楽しかった時間を思い出せて幸せでした。

ここからはお礼です！

表紙のイラストを描いてくださったのは、南国ばなな先生です。素敵に仕上げてくださってありがとうございます。おかげで原稿作業がはかどりました。

そして毎度毎度、ギリギリのラインを攻める私を温かく見守ってくださる編集部の方々、ご迷惑をおかけしました。

そして読者の方々。ときめきが日々の癒《いや》しになりましたら幸いです。

いつもありがとうございます。次回作もお読みいただければうれしいです。


感謝を込めて。

高田ちさき

マーマレード文庫

難攻不落の女嫌い社長は、幼馴染の片恋秘書だけを独占欲で貫きたい
～17年の長すぎる初恋を諦めるつもりが、娶り愛でられました～

2024年10月15日　第1刷発行　定価はカバーに表示してあります

著者　高田ちさき　©CHISAKI TAKADA 2024
発行人　鈴木幸辰
発行所　株式会社ハーパーコリンズ・ジャパン
東京都千代田区大手町1-5-1
電話　04-2951-2000（注文）
0570-008091（読者サービス係）
印刷・製本　中央精版印刷株式会社

Printed in Japan ©K.K. HarperCollins Japan 2024
ISBN-978-4-596-71619-4

m a r m a l a d e b u n k o